行走林道

莊芳華◎著

晨星出版

序文

莊芳華的寫作路

吳音寧

問莊芳華什麼時候開始寫作？她輕描淡寫憶起學生時代曾在學校刊物發表過文章。十六七歲的少女，愛好音樂、藝術與文學，很快被學長吳晟發現到才華出眾，邀她擔任編輯及女朋友。

二十三歲那年，莊芳華與吳晟結婚，投入彰化鄉下日出而做、日落還無法休息的生活：教書之餘，燒飯、洗衣、帶小孩、幫忙農作……。嫁做農家媳婦，讓年輕的莊芳華忙得沒有餘裕坐下來寫作，連最愛的鋼琴、繪畫等少女時期的夢想都一併收藏起來；而這一收，倏忽就十多個年頭過去。

直到約莫十年前，地方上一本文史雜誌《彰化人》邀約莊芳華寫專欄，於是身兼教師、母親、妻子、媳婦等角色的莊芳華，再次拿起筆，定期以「擦亮眼睛看新聞」為專欄名，寫新聞眉批。生活當然忙碌如往昔，在教育事業、家庭生活之夾縫，莊芳華看遍報紙，將每天發生過的新聞逐一檢視，挑出值得一記、值得加註的新聞做眉批。這個專欄獲得不少好評，在保守封建的政治體制下，太多新聞凸顯出偏狹、僵化的意識型態，莊芳華以銳利的筆，一一點出，一一戳破。

當時吳晟曾鼓勵她，要繼續寫下去，如果寫個十年，台灣近代史就盡在莊芳華的篩選、眉批間了。不過，生活繁忙仍是寫作最大的阻力，莊芳華回憶那時工作一整天後，深夜還要看報紙，看得頭都痛了，只好作罷。

但是我私自揣想，莊芳華不繼續寫新聞眉批的另一個原因，應是新聞眉批無法讓她好好發揮身上潛藏的寫作能力吧，雖然當時她可能尚未意識到自己日後會有多麼長足的進步。

停掉「擦亮眼睛看新聞」的專欄之後，有一次莊芳華閱讀到一位女作家，以溫柔的筆觸，寫出歧視台灣文化的短文，氣不過，馬上以女性的觀點，回以一篇反駁，同樣語調溫柔，但是句句切中對方意識偏頗的要害。這篇文章在自立晚報刊載後，立即獲得大迴響，聽說當時那位中國派女作家還不斷透過關係詢問，這個莊芳華，到底是何方神聖？還有一位陌生的讀者，透過報社送了莊芳華一年份的雜誌，以示讚賞。這是莊芳華首次在報紙上發表文章。

接下來幾年，她陸續寫了對社會、政治、教育、文化的評論，大多是看不慣台灣諸多現狀的不平之鳴。這些評論曾被影印，在運動團體中傳閱；曾被轉載再轉載，觸動讀者心有戚戚焉的同感憤慨。同時，莊芳華也與丈夫親身參與台灣民主運動的歷程，在街頭遊行、在偏僻的村里演講、在為候選人助選……，雖然有空就寫文章，她很少意識到自己是個「作家」。

一九九五年，莊芳華將評論集結，出版了《解構李登輝》一書，批判黑金體制。然而，隨著台灣威權體制的演變，吳晟與莊芳華也慢慢從政治層面，轉而對生態文化投注較多的時間與精力。

從人到大自然，這樣的轉向，應該頗爲符合莊芳華的個性。在我觀察中，我認爲，要不是台灣有太多令人看不過去的惡習陋風，莊芳華其實是個不太喜歡與人打交道、不怎麼有現實感的人——她最想寫的，應該不是政論。尤其莊芳華逐年成爲一個歐巴桑的同時，我更發現到她性格裡純眞有趣的一面，無厘頭、無厘頭的。

例如有一次，吳晟接行動電話，邊講邊告訴莊芳華，是誰打來的，沒想到莊芳華竟然「喔」著對丈夫的電話彎腰、點頭。（打電話來的人，哪看得到妳啊？笨蛋。）我看在眼裡，偷笑在心裡。還有一次，我和莊芳華到裝潢高級的咖啡店喝飲料，莊芳華因爲睏了，索性脫了鞋，躺到沙發椅上睡覺，結果引來店員支支吾吾對我說，嗯，可不可以請您叫她坐姿優雅一點……。

什麼雅不雅？通常遇到類似事件，我會忍不住哀怨並生氣，禮俗對女人的制約，實在欺人太甚，但是莊芳華不像我，會搬出女性主義或其他，大發獗詞，反正她就是自然而然地不太甩那一套，自然而然地，對莊芳華來說，去到山林是件最美好的事。山林以大場面接納人類的渺小，讓人得以暫時拋卻繁瑣俗事、禮儀規矩；讓莊芳華可以躺在大石頭上，瞇眼望著陽光透過綠葉搖曳，不會有人跑來告誡：這位女士，您這樣姿勢不雅喔。

忙裡偷閒，幾乎每個星期，莊芳華都會與丈夫一同去住家附近的山區走路，這是十多年的習慣了。位於田中、社頭的八卦山脈，吳晟與莊芳華一前一後、並肩同行，在歲月的稜線中行走。偶爾假期，孩子們也會一同前往，全家人在行走過程中，漫無目的地說東說西，說馬克斯主義與資本主義，說最近遇到的人事物……。走著走著，年復一年，沿途不曾劇烈變化的景觀，四季更迭，像是生活的基調；走著走著，莊芳華的《行走林道》就這樣在下山後依然要洗衣煮飯等瑣事之餘，一篇一篇寫就完成。

收錄在《行走林道》裡的文章，除了輯一發表在《台灣新文學》，輯二是莊芳華二〇〇〇年應美國同鄉會邀請，前往美國巡迴演講所寫的旅遊記事，其他大多是應《新觀念》雜誌邀約而寫的專欄。這些文章在強烈護衛山林的意念中，也展現出莊芳華細膩觀察的一面。尤其〈行走林道〉這一篇，因爲少了字數的限制，描寫得相當動人。文章集結後，相信莊芳華的寫作生涯又將往前踏出一大步。

除了每星期固定在住家附近的山區行走外，最近莊芳華興致勃勃的將水壺、碗盤、禦寒衣物等塞進背包裡，與丈夫吳晟——現爲南投縣駐縣作家，一同登高山、走山道去了。

看著他們老夫老妻，爲子女、爲家族忙碌奮鬥了半百歲月後，興味盎然的往山的更高處、更深處，去探索發現，身爲女兒的我，既歡喜也打心底佩服。眞有他們的！好幾次我跟在他們身後走山路，都不禁爲吳晟與莊芳華對山林那種平實的、持久的熱情而暗中鼓鼓掌。而從住家附近往島嶼大山延伸的道路，歐巴桑莊芳華也一步步找回了少女時期的夢想……；雖然繪畫與音樂，無法兼得，莊芳華已接續起寫作之路。

而臨時被叫來寫序的我，除了私己的情感之外，當然也和所有讀者一樣期待，期待文字世界裡多一些好作品，出自我親愛的媽媽之手！

行走林道

CONTENTS

版圖

樹政

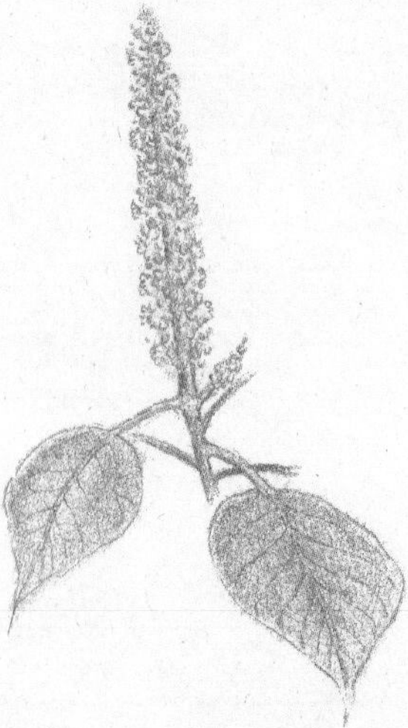

夢幻自然

尊重生命

【卷一】

行走林道

血桐

行走林道

平凡林相

血桐、構樹、相思、山麻黃、白匏子……，這一群生長在低海拔混生林的平凡植物，通常被稱之爲「雜木」。的確，若從人類金錢利益與經濟價值的角度來看，他們不但不珍貴，而且被視爲「草賤」。

就像覆蓋住整個山坡和谿谷的耐陰植被一樣，千萬年來在島嶼的荒野、山崙、土阜上，自在的生長、繁衍、湮滅、然後又新生……。儘管不受園藝家的青睞，但是春天的黃鵪菜、野鳶尾、酢醬草……；入夏的刺蓼、牽牛、月桃花……；秋天豔紅色的龍船花、雪白的野薑花、夾生在象草、菅芒之間……；即使是冬天，車前草、龍葵、泥胡菜、猩猩草……也不讓大地寂寞。不醒眼、不値錢的野花野草，無須刻意栽培，只隨著季節

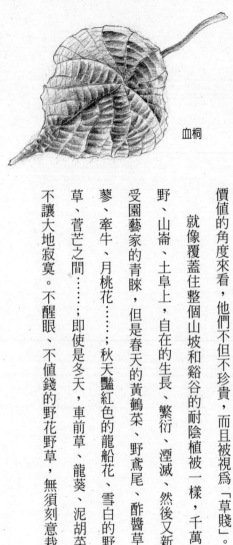

的更替，在林野上變換色彩。

自然演化是億萬年浩大的工程，而種子的萌發，則是生息綿延的開端。形色多樣的種子，有的隨風飛揚、有的隨蟲鳥旅行，或者像彈跳的精靈、迴旋的舞者……，各自把生命的期待，散落在山坡、谷地。忱默的生根、抽芽、蔓延、擴張，繁衍成各據一方的生態群落。像搶登灘頭的先鋒部隊，一面蠕動掙扎，意圖佔據自己獨享的地盤；一面彼此相互庇蔭，與他種群聚架構成穩定互惠的生態網。只有最「草賤」的植被，才能用抓地的根鬚，征服貧瘠的土地。日復一日、年復一年用新生之後又腐朽的身軀，守護山坡谷地、成爲蘊育出混生莽林的墊底者。

長青步道

清晨，第一抹陽光照臨山巔，森林中所有的綠葉開始忙碌起來。釀造空氣的葉綠素，像冒氣泡的綠色工廠；清新從這裡流蕩而出，混進附近街市的污濁中，爲生民日日的呼吸，注入一縷清流。

跨越彰化田中，通往南投橫山的長青步道，沿山麓延伸，蜿蜒在林蔭之間，不只是山居者出入的便道，也是附近城鎮居民休閒、玩賞、運動、健身的自然景點。沿主步道旁邊，無論往高處登上山頂，或者往下走到谷底，更有不少岐出的小步道，可隨興選擇，訪尋不同的幽勝。

多年來在這個地區出入的山民，以單薄的人力和簡單的手工器械，一步一腳印開發出來的步道，是依據山勢既有的稜線，迂迴穿梭而成。徒手開路的山民，總是盡量小心，避開每一株抓地的樹頭，採用石頭、木塊等原生地素材，築成既原始又兼顧安全性的步道。讓我們既能自在漫步，又讓山坡的傷害減至最低。而後的旅遊局再根據原始路基，規劃出可供腳踏車馳騁的正式步道，成爲今天的景觀。

行走當中，偶爾會遇到一些熱心的山友，拿著竹帚把清掃步道上的落葉。他們可以耗費好幾個小時的時間，耐性的將步道上的落葉，掃到兩旁草叢間隙，讓七、八公里的林道，經常保持清爽潔淨，讓行路人走起來更悠遊。你能想像，這些在林蔭下勞動服務的人，除了具備勤勞和熱忱的本質，更是沈靜耐性的修行者，這讓享受林道的我們滿懷感謝。

一個景點，在金錢資源的介入和決策單位的掌控下，如果缺乏適當的規劃，勢必成爲自然生態的殺手。爲了營造一個「遊覽聖地」，只會押下大筆經費、放肆開發、拚命建設硬體，在廣爲宣傳成爲人群趕潮的觀光區之後，就逐漸喪失了它的原生之美。所幸這條步道名字雖美麗，卻不受「觀光人潮」的青睞，因此得以保留它極「平凡」的林相。只有像我們這種不喜歡趕「觀光熱潮」的人，才有享受與之親近的緣分。

孕育山水林木、蟲鳥生命的土地，必須跳脫個人獨佔的慾望，以超越經濟價值的考量，看待生命的情懷，去看待每一吋土地；把一輩子爲了擴

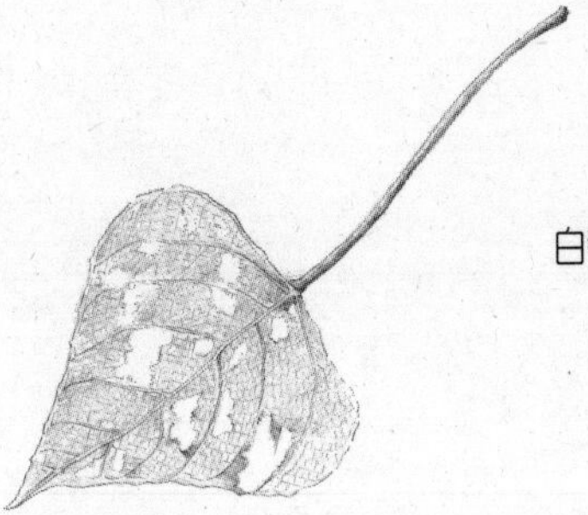

白匏子

佔私產所付出的勞力，轉變成維護自然公共財的關懷；把生活從相互傾軋、剝奪的經濟體制中釋放出來，大自然才能成爲我們眞正的財富吧。

行走時光中

一跨入林道，迎面就是相異於城鎮的清新空氣，這種甘甜的清涼，不是唯心的幻覺，而是身體五官的具體感受。往林道越走越深，市井的煩囂越遠，林野的聲息就越清晰。不是只有蟲叫鳥鳴，才會因爲品種不同而發出不同的聲音。當山中的氣流迴繞穿行，通過不同的樹枝、樹葉間，也會發出不同的聲響。風行走在相思林、樟木林、麻竹林……，或者拂過低矮的植被，聲音都相異；只有沈潛的心境，才得以清晰分辨。

樹葉的搖曳，隨風的頻率，拍響精準的節奏。正午太陽的白光或黃昏的紅暈，透過葉隙，投射步道上，光與影的晃動，像無聲的喧嘩，交錯成深深淺淺的圖像。聲、光、氣流匯聚成繁複的林道景觀，時序的交會在有與無、虛與實之間移轉。

我們經常行走相同的步道，一日又一日，季節也隨之輪替。春天的新芽，今天比昨天多抽長了幾分；夏天的樹葉，細胞急速分生，走在身邊彷彿感覺得到汁液奔騰的流動；秋天林野的色澤，由青綠緩緩渲染成褐紅；一不留神，一直在頭頂上嘶叫的蟬鳴，竟然不知在何時已經止歇，才察覺冬天又來臨了。

數年來我和丈夫在這個林道行走，已經難以計算次數了。經常望著的是一樣的山、一樣的樹、一樣的草，卻不覺得厭倦。相同的景致中，一樣能體會到新鮮的驚豔和喜悅。中國詩人蘇軾在《赤壁賦》一文中有一句話：「自其變者而觀之，天地曾不能以一瞬；自其不變者而觀之，則物與我皆無盡也。」自然界單純中的繁複，繁複中又回歸單純的面相，幾百年前的詩人，就已把他的體會化爲文字了。我若要強加詮釋，恐怕只有面臨詞窮的窘境了。

美國詩人佛洛斯特，經常在麻塞諸塞州勞倫市的林間漫步，讓他寫出像「雪夜林畔」這樣深邃、雋永的詩歌；閒散的步覆，彷彿散落林間的詩句。美國的哲人兼文學家梭羅，長年在華爾騰湖邊踱步，林間每一枚葉片，每一粒種子都指點了哲人的思維，《湖濱散記》於焉誕生，甚至成爲印度聖雄甘地不合作主義思想的指引；德國哲學家康德，直到八十歲終其一生，從來沒有離開過他出世的故鄉哥尼斯堡，景物相同的小鄉間，來往相同的小路徑，行走間竟能體悟出世界各地人類景崇的哲學觀點；愛因斯坦在普林斯頓大學的校園內來來去去行走，居然走出了驚世的「相對論」……。

「散步」豈只是肢體的晃動？手、腳簡單搖擺，步履反覆又反覆，腦筋的靈動反而活絡起來，簡單的走步，居然是智慧的發軔。世界上曾有多少傳世的哲理，多少歷史的遞嬗，在「無所事事」的走步中完成。只是像我這般，經常在長青道上來去行走，除了踩掉不少光陰，也沒走出什麼了不起的體悟。但即使少了體悟，卻少不了情趣；懂得行走的情趣者，必能降低短暫俗世的欲求，領略永恆清明的智慧。

風雨之後

經歷一天又一夜的風雨，今天氣候放晴，天空經過刷洗顯得一片清亮。但是電視新聞正在報導到處災難的消息。在缺乏綠野覆蓋的山坡，雨水正夾帶大量土石、泥沙，驚駭肆虐大地。不忍心觀看台灣島嶼正在上演山嶽崩塌、土石橫流的悲劇。我們關掉電視，隔絕種種重複侵襲的傷情，再度探訪我們的林蔭步道。不知昨日的風雨，可曾留下被摧折的傷痕？

台灣島的人民，被這些年來連連的「水難」，驚擾到一聽見「下雨」就害怕了。但是才走進林道的一刻，我就意識到這段山嶽的沈穩與安定，不是昨日的惡劣天候所能動搖的。

步道一公尺以外，雜生各種濃密的野生植被，都是自然生態的先鋒群落。昨天再多、再大、再連綿的雨水，落在雜草叢生處，今天就像清煙般化爲無形了。植被覆蓋的大地，像海綿一般把雨水吮吸，化做滋養生命的汁液。

整片叢林更加青綠油亮了。綿亙在我們腳下的樹頭、樹根，經過這一番飽飽的吮吸，原先灰褐色，有些斑剝脫落的樹皮，也飽滿起來。青苔綠得亮眼，正悄悄爬上水泥石階，用它稚嫩的根系，進行著億萬年來風化巨岩的重大工程。天地化育，穩定形成的自然山川，若沒有人類放肆開挖，而毀了它的平衡性，再大的風雨，恐怕也只是爲大地重新梳洗、妝點一番罷了。

偶然望見，一隻蜥蜴沒有抓牢滑溜的樹幹，跌落步道中央，正好在我跨步的腳尖前面。受驚的居然不是入侵者——我，而是這隻以林野爲家的蜥蜴。它一溜煙循遁到道旁的草叢中，消失不見了。這樣的倉皇舉止，和我平常看見蜥蜴的神態有些異樣。

如果在炎陽日的午後，長尾蜥蜴，不只在枝條上攀爬追逐，而且毫不畏怯的在步道上蹣跚悠遊。通常看見一隻就能夠找到另一隻。雖然我不具備生物學者辨識的好眼力，分辨不出究竟誰是雌、誰是雄？但看看他們「這口追逐那尾、那尾彎勾這頭」的親暱模樣，也明白仲夏的林野中，蟲蟻鳥獸的情愛是悠然自在的。或許因爲昨天的風雨，暫時驚擾了求偶的美夢，沖散了相守的伴侶，今天的蟲蟲獸獸，才顯出驚惶未定的神態吧！

走在風雨之後的林道，和晴天明顯不同的，除了山嵐、霧氣，和慌亂的蟲獸以外，就是落葉了。人行道上鋪滿被摧折的落葉和細枝條，間或有少許較大的側枝，疏疏落落夾雜其間。風雨打下的落葉殘枝，與因爲季節輪替而自然落下的枯葉相較，另有一番趣味。

去年秋天落下的枯乾葉片，在天晴時候，踩起來「悉悉嗦嗦」，每一片都像可以長期收藏的美麗標本。但是被風雨刮斷的新葉，在腳下有點滑溜，發出「剝剝」的細微聲響。碎裂的葉片滲出青澀的香氣，尤其是通過樟林步道時，從斷枝滲出的新鮮樟木香，令你忍不住深深吸氣。

我知道落在叢林的雨水，將快速催化腐葉、枯枝，所有被風雨刮落的葉片，都將逐漸變黑、腐朽、分解、化作軟泥，快速滋長嫩芽、大樹……

……。讓自然不斷旋轉在生生不息的輪迴中。

走路禪學

行路中，我喜歡與山友交會時彼此親切的招呼，喜歡傾聽登山客敞開嗓門，大論政治、時事、生活瑣事、和各種拉拉雜雜的人生哲理，從其中解讀出粗糙中帶著哲思的庶民文化。絕大部分台灣人，對自己的見解頗有自信，彷彿各家各派不同的「雜」學競相出籠。在人世中紛雜擾攘的差異見解，來到山林就化成「嗡嗡」的諧音，像沈靜蒼穹中的小點綴。

我不排斥熱鬧，也喜歡享受孤獨；在沈靜中似乎更能沈澱自我的心緒。有時在廣漠山野的寂寂小路上，相伴行走的只有丈夫。交談也好，或者保持沈默，都能融入彼此的孤獨中。既保有個人的孤獨感又能共享相依偎的溫暖。整個空曠的林野彷彿都是我們獨享的私產。

我只是一個世俗凡人，容易在情緒的翻轉間浮沈，注定缺乏慧根，踏不進禪學、禪思中，那種無我、無世的高遠境界。一世的追求、半生的失落，而今的年歲巳經像秋日荒草行將萎頓，居然還沒有悟出任何了然。許多不足與外人道的酸楚心境，通常只能自己默默獨吞。

世間有太多的不公不義，年輕時我也有激情堅持；曾經一番叱吒風雲，改造時勢的理想，而今巳轉變成無助的惋嘆。歷史冷血的殘酷、世局的顲頊都要嚥得下。胸口的瘀痛，若說是爲了世間的悲怨不平，或許眞切，但也不盡然如此。談什麼諸如人生哲理、理想幻滅等等理由，來解釋自己的煩愁，未免太強調自己的孤高，彷彿是對庸庸碌碌的生命，尋找一些高格調的安慰詞罷了。其實自己一樣凡庸卑瑣，一身沾染的俗務，不比別人少。僅僅爲了個人的小利、小失、小慾求、小挫折，整個心情就常擺不脫惱人的懊喪。「拋棄煩惱」，簡單的詞彙，卻不是輕易可及的境界。

鬱卒有時會像糾結的繩頭，纏繞得令人窒息。我通常快步奔進林道，以疾行的腳步前進，渴望變成一隻擺脫掉獵人追趕，尋找自在天地的林間野獸。「快步疾行」、不停歇的腳步，像不斷開合的剪刀，前後交剪，彷彿把整座青山，沿山脊稜線迂迴切開，這，沈重的身軀，載在一雙快速輪轉的腳上，竟然逐漸漂浮鬆弛，直往山的最深處靠近。

「快步疾行」使心跳加速、使呼吸急促、使汗水淋漓，讓肢體的每個細胞都亢奮起來，而心靈的翻攪慢慢波平止息，原先被紛雜繁瑣事物充塞的頭腦，也漸漸開闊，進入不思不想的境地。生活當中，能有一時片刻，讓心靈徹底空白，讓思考成爲多餘，你就會悟出，很多的追逐、忙碌、牽絆……其實都是何等不必要的急躁。原來是太多的貪欲，毀了像此刻這樣，徹底閒閒散散的福分。

林道間或者緩步悠遊、或者快步疾行，都能爲我療世俗的傷、止人間的痛。林野從來不會嘲笑人世的落難者，到這裡可以找到撫慰。行走林道，雖不是一門禪學，也該是一種禪境吧！

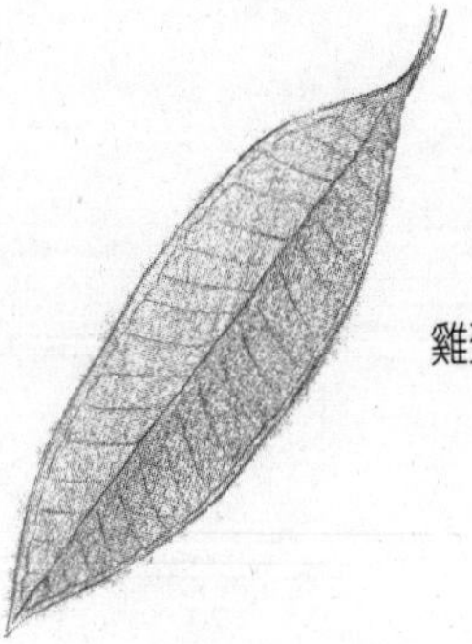

雞蛋木

天地的警訊

那天黃昏，往山丘步道的階梯，爬行大約百餘公尺處，赫然發現，在初春開紫色小花，入夏結紫色小果的野生鳶尾，紫色果穗的頂端，沾滿了粉白的綿蚜菇。新生的嫩芽在綿蚜蟲的吸附下，已經捲曲萎縮。

在蔓蔓叢草間，這一個看起來並不起眼，實則非常嚴重的景象，像一個預警，在廣闊天地的隱微處，向人類呼告。果然幾天後報紙就刊載今年果農所種的荔枝，由於綿蚜菇肆虐，果實歉收的訊息。

天地有情，把警訊寫在我們的生活周遭。例如：八卦山上又一隻八色鳥死亡、大安水蓑衣開花不結實、隨著商人引進未經檢疫的雞蛋花苗木，莖線蟲也由泰國進駐台灣、二化螟蟲肆虐，使稻作白穗不稔、白蟻在八卦山脈的樟木林蔓延，這些訊息在報紙上不斷出現。至於一次比一次更驚駭的土石洪流災難，更是年年重演；只是大多數人在災難未曾臨頭時，總是漠然看待。

無糧可吃，哀鴻遍野的景象，我們多數人不曾體驗過，但是在世界資訊流通的現代，隔著螢光幕版，我們卻看過很多例子。位處非洲內陸高原的衣索匹亞，曾經是文明古國，以富庶豐饒的物產，孕育當地生民，在淪爲西方「文明」國家的殖民地後，爲配合資本社會經濟利益的榨取，遍野的咖啡豆、棉花等經濟作物取代了糧食生產，導致生態大變，加上人謀不臧，一個富庶自足的國家，竟然淪落至今天我們所看到生民塗炭，飢荒連連的悲慘境地。如此情景能不叫人傷痛嗎？

容易「憂天」的人，日子過得特別辛苦。周遭每一項生態危機的警訊，雖只是萬千生活百態中的微小訊息，卻讓我特別敏感慌亂。

曾經有世界綠色和平組織的成員，爲了防止地球被核化污染，乘著小小的汽艇在險惡的大海，攔截偷偷運送核原料的大艦艇，甚至發生撞船身亡的悲劇。他們對地球的災難，感受到刻不容緩的急迫性。熱烈的關懷之情，使他們顧不得個人安危，以小搏大，甚至把生命拚掉都在所不惜，因此被抨擊爲環保「激進份子」。我對他們忍不住做這樣「喋血、激進」行動的苦心，有深切的了解。

雖然我們只是暫時寄居地球的生物之一，時時刻刻迫在眼前、身邊向我們呼告的警訊，不但攸關人類的生活品質，更攸關生物的生死存亡。但爲什麼有那麼多人，可以只爲了私欲的膨脹，爲了更繁華的刺激，爲了經濟數據的成長，繼續無限制蠻橫的開發，而漠視環境快速崩毀的危機。爲什麼環保的呼號、抗爭，永遠追不上不斷開發、破壞的腳步？保育、復育的工作，永遠只是在不斷的大崩毀之後，無奈的做一些細碎的修補工作嗎？

往林道越走越深，市井的煩囂越遠，林野的聲音就越清晰。行走林道

天地有情，把警訊寫在我們的生活周遭。天地的警訊

構樹

擺盪的鞦韆

黃昏時刻，到住家附近的小山丘爬山漫步，已成爲我們生活中每日例行的活動，除非有特殊事務擾了生活步調，總是捨不得間斷。以不疾不徐的速度，持續穩定的步伐沿著山丘稜線，在汗水淋漓中，走玩這一趟爬坡步道，費時約四十分鐘。

這是八卦山脈的支系，鬱鬱蒼蒼的山丘重疊排列。原始生態系的混合林，約在十八世紀被毀之後，爲了驅動工業生產的渦輪，改植薪材用途的相思林。近年爲了快速賺錢營利，檳榔樹迅速佔滿了山坡。

對一個爬山人的視野來講，遠遠望去的山崙，像畫出溫柔弧線的綠色波浪，無論是長得修長優雅的檳榔，還是矮小濃密的果園，或者殘存的相思林，在欣賞者眼中都呈顯一片亙古的綠，一樣的美。只是知性的認知，

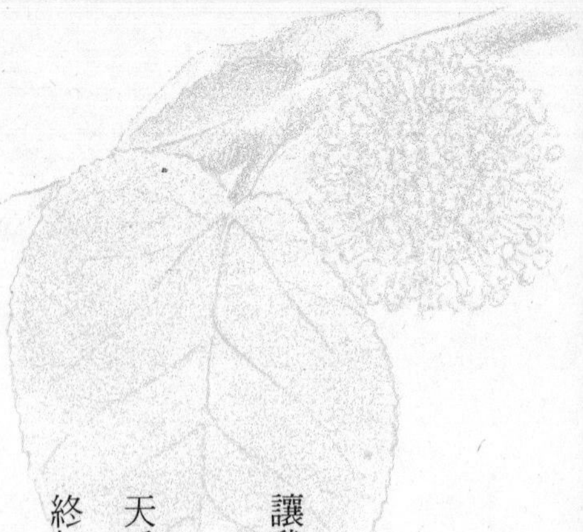

讓我們感嘆人性的貪婪，給大自然留下瀕臨崩危的滄桑。

這是重複賞過數百回的相同景致，今天看到的草是昨天看見的草，今天看見的樹還是昨天看見的樹，連蟬聲都一樣高亢嘶啞，彷彿千萬年來始終如此。日日走重複的步道，依然帶來新鮮的驚豔和喜悅。

季節悄悄跨過草叢樹梢，透露了時序移轉的訊息。春天來時每一株新芽，今天看起來彷彿比昨天多抽長了幾分。夏天的樹葉，由於細胞急速成長，走在身邊可以感覺汁液奔騰的流動。秋天林野的色澤如何由青綠轉爲褐紅，這種緩緩渲染的暈痕，只有讀過自然色彩美學的眼睛才能察覺。而冬天低海拔的山林，就像最舒爽的空氣調節機，只要穿一件薄衫，就可在林間自在穿梭。

爬上標高約三、四百公尺的山丘頂坡，登山協會的熱心人士，在坡頂安置了幾座鞦韆，長長的麻繩掛著小座椅，在樹藤下空盪的擺動。

我喜歡盪鞦韆的感覺，每一次上山總要坐上去晃盪片刻。那種向前、向後、向前、向後，彷彿沒有目標卻始終離不開原點的擺盪，讓你從生活中無窮盡的忙碌追逐，從牽絆之中解放出來。是生活中不斷貪欲的追求，毀了像此刻這種徹底閒閒散散的福分。鞦韆往返的韻律，就像這一片曠古以來就存在的野地，儘管年年運轉的時序，畫著一輪一輪的刻痕，卻永遠脫不出龐大的自然律。

坐在鞦韆上晃盪的我，不覺脫口唸出蘇軾赤壁賦中的句子：「自其變者而觀之，則天地曾不能以瞬。自其不變者而觀之，則物與我皆無盡也。」在旁邊的丈夫取笑我賣弄學問，說我是：「半瓶罐子，響叮噹。」是的，我只是一個非常務實的生活者，對深奧的哲理懂得太少，口中會念這一句古代文豪蘇軾的名言，也不過是讀中學時背誦過的課文中，印象比較深刻的一句話。

但是這一片山野和架在山丘上的鞦韆，讓我貼切感受這一句話的眞意。所有人類對欲求的追逐，終必回歸自然的原點。

【卷二】

遊移的座標

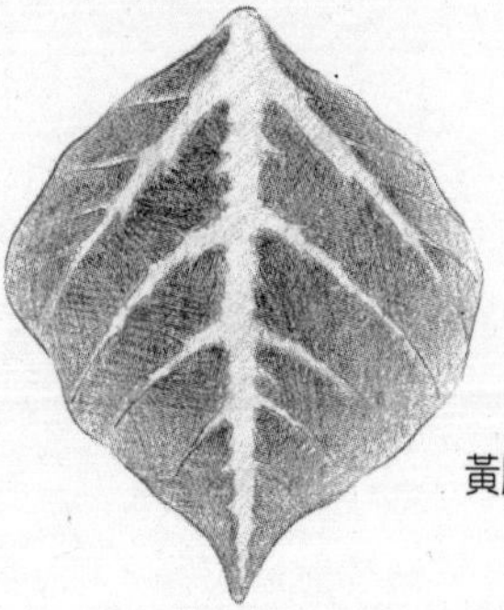

黃脈刺桐

遊移的座標

換日

喜歡奔跑嬉戲的童年，和鄰家同伴追逐玩鬧倦了，隨意躺在草地上伸展四肢，成爲一個慵懶的大字，那時候天上流盪的雲朵，幻化成各種物類的象形，偶爾望見劃過天際的飛機，就會帶來一陣欣喜。兒時視野中的飛機，像遠天的流星那樣曼妙優美，當時我總是懷想，有朝一日能乘坐其上四方遨遊。然而雲朵一樣任意闖蕩的想望，隨著年歲日長，早在兒時的意識中潛藏，對於許多現實條件並不優厚的生活者，爲了顧三餐、度生活，就勞碌困頓了，還談什麼浪漫情懷？多年來，一趟沒有負擔的旅行，對我，畢竟是奢侈的。

難得年近中年，我也有機會暫時放開負擔，搭乘飛機去體驗漂浮！

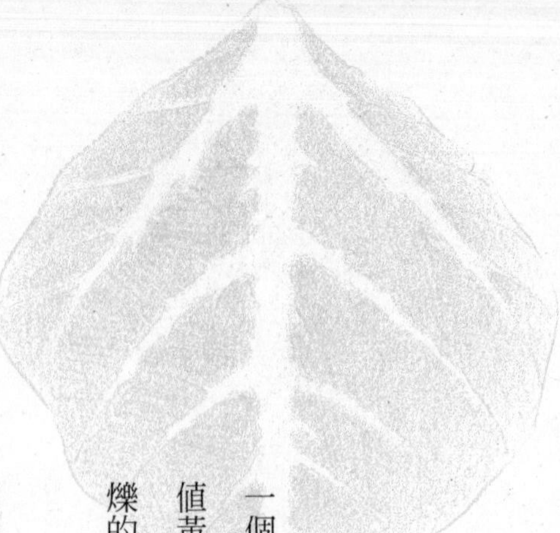

第一次搭機，縮在不敢放任伸手伸腳的經濟艙位上，彷彿人被放置在一個嗡嗡作響的箱子裡，很難產生什麼美麗的幻想。但是起飛的一刻，正值黃昏，我以爲自己或許正位在童年目光欣羨的焦點，而機翼邊緣不斷閃爍的燈光，同樣吸引了某一位恰巧抬頭仰望，喜愛夢幻的童騃眼光呢。

習於往來東西航線的眾多旅客，大概少有人會像我一樣，對機艙外單調的天空景象好奇吧。想來機艙之外除了雲還是雲，應該沒什麼吸引力。但是正因爲我這種延續孩童時的好奇心，竟讓我得以看見日夜交替時的奇妙景象。

晚餐後，翻一翻書頁，腕上的手錶指著台北時間廿三點，機艙暗了下來。空服人員用甜美的笑容問候晚安，旅人的生理時鐘指在家鄉的午夜；整個機艙都在沈睡，白晝卻已經在機艙外面悄悄來臨。我偷偷把橢圓型的小窗開啓一小縫隙，從最深的夜晚，窺探最初的白晝。

飛機已經淩駕氣象變幻的對流層頂，在平流層上滑行，一切彷彿沒有變化，但是漸漸地濃雲在視野底下由墨黑進而轉白，黃暈在較遠處掃過一線光亮，天空原本像凝結的漿酪，濃濃稠稠，但是當白晝的光束穿透射出後，就看見微薄的雲氣輕盈浮現。儘管電視螢幕上標示機艙外的溫度是零下四〇℃，玻璃窗面的排氣孔周圍也能看到凝結的冰花，但是雲層濃稠的液汁，被光束攪動後蒸騰出縷縷白煙，讓人不禁懷疑這鍋漿酪可是滾燙著的呢。

當飛機與地球同向運轉時，我就這樣張大著新奇的眼睛，對準日頭的來處。雲汽蒸騰的速度加快飄盪起來，猛然間，太陽刺眼，明亮直上當空，逼得人無法張眼直視，我趕快關了窗，回身潛入夜的中央，不讓外頭炫目的白晝闖進，打擾了機艙內旅客的夜眠。

感官上置身在靜止的座艙，眞實位移的變換，只能靠眼前電視牆光點的遊移來得知；精準的科技，把時間、空間、溫度做了最奇妙的調節，而小小的心思，一時卻還會意不過來。處在時、空交會的臨界點上，官能的感受和理性的認知，究竟有多少差異，又有多少契合？

日夜瞬間變換，我已經跨過地理上的經線，從七月一日的黃昏，走回七月一日的凌晨；身體的感覺還沈甸甸留在故鄉，視野已經迎接新臨的國度。

穿越大森林

我在七月盛夏時節，抵威斯康辛州Appleton鎮哥哥的家，在這裡我擁有整整十天徹底的閒日子。沒有特別規劃，不必搭機、轉機，全然無所事事。一趟旅行，追求的不就是像這樣全然的放鬆？

哥哥在Appleton的家，後院緊鄰Fox river，是北美眾多大河流域的小支流，承載了北國冰河解凍後的充沛水量，在威斯康辛州境內，在極短的

台灣欒樹

位移範圍，順著階梯狀下降的地表流動，流入密西根河，再匯進美國第一大湖密西根湖。

密西根湖的廣闊，只有「無垠無涯」差可形容，在我們這種島國出生的人眼中，如潮汐一樣拍岸的波濤，怎麼是「湖」？根本是「海」！必須伸出手，從湖面舀水淺沾一口，才能藉由眞的「淡淡」的味道，從理性上判知，它的確是個湖，一個可以把全台灣包圍成爲湖中島的大湖。

Appleton是一個古老的工業城鎮。階梯狀下降的地表，使流過的河水匯成豐沛水利，成爲廣闊平原地區的天然動能，配合當地大森林的資源，運轉了沿岸的造紙工業，盛極一時。

當美國大型現代化汽車工業逐漸取代鐵路業發展，芝加哥成爲工業首善大城，類似Appleton這種鄰近城鎮，就逐漸蕭條了。到處有荒廢的鐵道、鐵橋，還有現今已經被更新爲啤酒屋的老火車站，坐在典雅的古建築物中，依稀還能想像當年火車載運著木材，來來往往的繁忙景象。

我初抵美東時，正逢熱浪來襲，室外溫度高達一〇五°F；從美東驅車往西行走，抵達哥哥位在河畔的簡單居所，整個人就陷身涼爽的綠蔭間了。

沿Fox rive河岸，生長的白楊樹，樹皮的色澤像手工白紙一般，間夾著橫紋狀的黑灰斑條。白楊樹以強勢的適應力，佔領了河岸流域，遠遠望去白木綠蓋，形成廣大的群落，非常獨特。

沿河域往更密的大森林穿越時，可以看見多數定居森林中的印地安人，就地使用白楊木當作建材，築成房舍，灰白色的木屋與濃密的白楊木森林交融一體。

居住威斯康辛的白人移民，與當地印地安原住民相處和諧。在美國歷史上，為了替原住民爭權益，白人移民還曾經與聯邦政府發生激烈衝突，因此比起美國其他地區，原住民所受的不平等待，安居威斯康辛的印地安人，無論做生意、開賭場，都享有州政府的免稅優惠，是美國境內待遇比較幸運的原住民；但是也是被迫文化轉型較嚴重的原住民。

相較於台灣的森林被混生雜草、藤蔓糾葛纏繞，只有披荊斬棘才能深入其間，北美大平原的森林，樹種、林相單純潔淨多了；地面除了落葉，幾乎沒有雜生植被，行走其間，沒有負擔，比台灣的森林更容易親近。也許是每年都必須經歷一季大霜雪的試煉，地表的雜木全覆在冰雪之下凋零，才能篩選出當地最強韌、最挺拔的物種吧。

Door conty是深入密西根湖的半島，有一次我們開車向北穿越森林往半島的末端前行，一小時、兩小時的車程……，始終還在森林中。北美森林的遼闊，簡直穿越不盡。

藍河

不出遊的時間，我經常在膝頭擺一本書，一整天攤在露台的躺椅上，與藍河（Fox river）對望。說在看書，其實是那麼漫不經心。眼前如此藍、白分明的天與雲，投射在流動不止的河面，成爲曲狀波動的深紋。不時聽見魚躍水面的激盪，和松毬果打在木屋頂上堅實的鏗鏘響，鼻子彷彿還嗅得到氧氣與芬多精的甘味。這一切令官能恣情開放的聲、光、色，當然比白紙黑字更強烈攫住我的心靈；至於書，就讓蕩漾來去的微風，隨興翻頁吧……。

在戶外的露台上，可以看見蜂鳥在金針花叢間，高頻率的振動翅膀，野兔鑽進叢林、松鼠忙著收藏松果，偶爾還要把大方來到庭院齧啃花果樹苗的野鹿家族，大聲斥喝趕走，這一切對我都已經是夠新奇的經驗了，更聽哥哥說：「冬天的夜晚，Fox river凍結成一條藍帶，黑暗的河面，偶爾射出幾道奇幻的藍光。傳說河域對岸森林中的大狐會帶小狐，跨過冰凍的河面，以狐疑的眼光來窺探住戶。這也是Fox river名稱的由來。」

哥哥說：「來此住一整年吧，可以分享河畔綠蔭翻轉成紅浪、枯葉嘩嘩委地、槁木林立、白雪荒原的四時變換。」這番盛情邀請，確實誘惑著我；誘惑一顆渴望擺脫無奈的繁瑣，徹底與自然交融的靈魂。

在綠葉、光影、微風的撩動下，似醒也像睡的我，忽然被視野遠方下游處，划過來的英國式協力划艇，激起一股興奮。我趕緊坐正身軀探望，河面遠遠處由小點狀，漸近漸明晰的划船者，一舟四人合力，以整齊劃一的動作，弧狀曲線扭擺肢體，背向上游奮力划槳，在快速通過我眼前的一刻，他們不忘放開忙碌撐槳的手，高高舉起向我招呼致意，我也像岸邊在檢閱行舟的司令，受寵一般趕快回敬。美國人性喜戶外運動的個性，推動了一個活潑的社會，當白線劃過綠水的一刻，我正欣賞他們萬物沈靜之下

苦楝樹

的律動美，而他們在奔馳的河面上，該也能欣賞我的寫意慵懶吧。

藍草

到美國遊覽的遊客，對於家家戶戶庭園內「碧綠如茵」的草坪，總會留下深刻的印象。在往Door conty半島尖端的旅途間，有一戶旅客休憩的飲食店，還在大屋頂上植滿青綠的草皮，甚至把羊群驅趕到屋頂上吃草，別具獨特的鄉野風味。

一種名為Blue grass的禾本科植物廣受喜愛，被大面積的推廣。藍草的確綠得發藍非常美麗，但生性嬌貴，總要百般呵護才能存活。

美國社會為了綠草坪的維護工程，已經形成一個永無止息的經濟消費系統了。他們為了維護草坪的「純種單一」，化工學界花費大量金錢不斷研發新藥品，以期生產出各種能殺死雙子葉植物，而保留單子葉植物的除草劑。

我在一個大學校園中，看見一片廣闊的藍草坪上，夾雜生長了一些開白花的Clover（豆科三葉草）和開黃花的蒲公英，而當我正為這片綠中少許的雪白和鵝黃喝采時，卻看到一個「護草心切」的園丁，以注射針筒裝滿除草劑，一針一針注射進「惡草」（他們稱之Wild）的根部，務必把這些在我眼中非常美麗的「野生」草花除盡。原來園丁「忌」藍草以外的植物如「惡仇」。

藍草要長得好，得不斷施肥、澆水，一旦茂盛起來的藍草，又得趕緊剪除整齊。長了要剪、剪了要養，水、肥料、藥劑、汽油、馬達、人工，反覆又反覆的操作；為了比較誰家的草皮養得最好，一種永續消耗的循環，建構出美國社會的榮耀。

地毯似的草坪，的確是美國社會值得炫耀的「文化標竿」，但是如此

「排他性」的「純種維護」，隱含了某種不顧生態倫理的傲慢。就像美式文化，以龐大的強勢征服全世界，讓諸多弱勢異文化喪失生存空間一樣；美國公民普遍努力奉行這種「純粹傳統」的行爲，其實値得深思。

版圖

芝加哥，美國交通路線的樞紐，世界空航的會合站，像一個密集網路的起點，不斷向世界各角落輻射出航線波。

對我而言，搭飛機是生平頭一遭，何等稀奇！首度看見芝加哥機場的絡繹繁忙，讓我訝異竟有如此大量的人潮，在飛行當中來來往往。機場的航站大廳，像台灣年節的車站一樣壅塞，接駁又轉送了來自地球上不同地域的人群。

隔著大廳玻璃望向停機坪，天空中便捷的機體，一陷在陸地就輕靈不起來了。跑道上成列緩緩挪動的飛機，像堵在塞車公路的車輛一般，排成

長長的隊伍，順序等待起飛；一部接一部，毫無間斷。每一部都畫著笨拙的大弧度，轉個彎駛入起飛跑道，再轟轟往上衝。

引頸仰望的眼裡，飛行是夢想的延伸，旅遊是開啓夢境的鎖鑰。據說只有跨出腳步，才能抓高視野，走不出門的人，往往被歸入封閉與孤陋的行列，因此能放得下牽絆，遠離生活原點，跨出行腳的人，多少隱含了一份驕傲的情緒。

但狂熱的旅遊風潮，是需要付出代價去追尋的。七月的北美，熱浪在室外穿流，壅塞的機場，奔忙的人群，冷食、冷空調、輸送帶、電腦……一切得靠電力維持的所有線路，都繃緊在ON上，古老地球生產石油、石油衍生電力、電力建構舒適的空間，任何一個環節一出差錯跳成OFF，就是莫大的恐慌。如果居家就無夢，奔走才是尋夢的軌跡，那麼漂浮的心靈，恐怕也很難停歇吧！

我想像世界運轉的命脈，從亙古的地底湧出，驅動無數像我這樣追逐浪漫的遊客，四方奔去，像蜉蝣不捨奔波一般，飄盪在大洋的潮汐間。

群體蜉蝣鼓著羽狀腮，撥動節狀肢，奮力拓展他們的生存領域。看看它們三對長短不一的泳足，游絲般顫動，如此賣力；若從廣淼大洋的天頂俯視，卻只是白浪間原地蠕動的小點。

是玩興漸減，念家的情懷開始湧起嗎？忽然覺得版圖的擴展、視野的延伸，或者異國的浪漫憧憬，不過只是一種自我意志的聯想，旅遊者都是淡然的過客，潛不進當地生命的核心。

我想起這個時間正是家鄉入晚時分，這時你也許剛從種植台灣欒樹樹苗的田裡回來，返家洗清身上的汗水和污泥，然後坐在書房內，進行你習慣性的剪報。

你喜歡收集世界各地風光、美景、自然、人文的圖文資料，剪剪貼貼、玩玩索索，不間斷的收集成冊。對你這種幾乎成癖的剪貼嗜好，我常常語帶取笑；說你在現實生活中，沒有放任旅遊的好條件，卻經常愛做旅遊的夢想，只得在書頁的想像中遊遊蕩蕩。

在燈下翻書的你，可知道身在異國的我，此刻就處在你玩味的書頁當中？就像我知道你在田裡培育苗木時，不也是正在孕育一個美麗家園的夢想。而我確切知道，你在書頁間的遊賞空間，比我的奔走更寬闊。

家鄉是座標軸上的原點，旅行是遊移的函數，只有與「原點」的比對，才能畫出完美的弧線。異國的文風異采、新奇體驗，伴隨浪漫的時光，不乏讚嘆、豔羨、驚喜的新鮮感。但畢竟所有的美都只屬於當地，都是帶不走的，奢想把「美麗」帶走，那就是一種貪婪。

建構一個無須奔波，也能自在賞玩的美麗家園，更是隨行當中念念不忘的情懷，就像離家前仔細收藏在口袋中，隨身

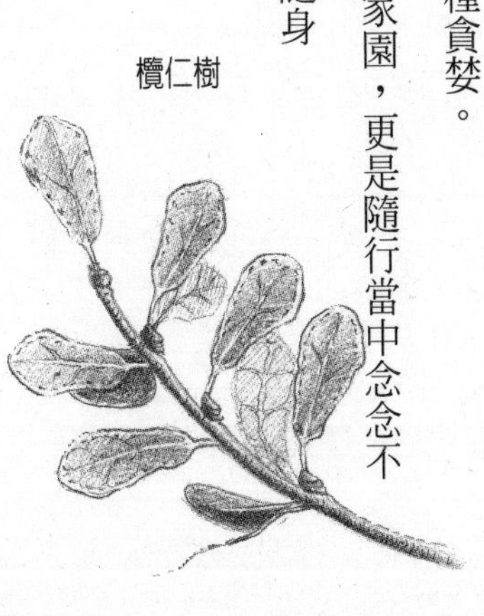
欖仁樹

攜帶的鑰匙，走得再遠，還是在找尋它那唯一的鎖孔。

燈籠花

島嶼對島嶼

不同政治勢力，控制島嶼的發展方向，而台灣環境竟崩毀得如此快速啊！

因地球板塊激烈運動，火山岩沈積形成的Hawaii群島，和台灣島嶼一樣，同屬於環太平洋上，花彩列嶼的一環。在地圖上看起來，整個島弧像一顆顆串接在一起的珍珠。

在Hawaii期間，我無暇搭飛機到各個島嶼停留，只沿著歐胡島（Oahu）島的海岸線，走馬看花繞行一圈。根據資料說明：整個歐胡島，面積大約只有台北縣與市合起來的大小。從度假區Waikiki海灘出發，順著建設完善的公路線，緩緩開車繞行一圈，大概需要五、六個小時。

我剛剛才玩過北美州，彷彿永遠望不到邊際的大平原，看過直立高聳

穿越不完的大森林，來到這個熱帶海洋中的小小島嶼，頗有回到自己故鄉的感覺。

車子緩緩行進，從車窗望出去，山與海如此接近，似乎僅有一條公路之隔，右邊是廣闊湛藍的海洋，左邊是青翠綿延的山丘。這景象令我想起去年夏天，奔馳在台東海岸公路上的景況。

歐胡島的山丘，即使隆起的形貌，和台灣的山岳都如此相近，同具有火山沈積岩節狀的曲線美，絕大部分的山丘，已經演化成熟，被濃濃密密的原生莽林覆蓋著。我細數視野中看得到的樹木花草，護土的植被，還有林間纏繞的攀藤；很興奮的發現，這些盡是我所熟悉的家鄉植物啊！

Hawaii人民選定做爲國花，經常被插在少女鬢邊的竟然是燈籠花。想起家鄉田園，圍籬樹上盛開的鮮紅燈籠花，陪我們走過童年，是小時候辦家家酒的好素材，卻被台灣人視爲「草賤」植物不斷剷除，有點感傷。

這裡覆蓋土坡的蕨類、颱風草、葛藤；大地的先鋒樹種血桐、構樹、黃槿、相思；岸邊固砂定土的銀合歡、木麻黃、林投，都沐在溫溫潤潤的海洋氣流裡，蓬勃生長。

整個海岸線明朗潔淨。岸邊有搭棚露營的人家，躺臥白沙岸上午寐的人群，水中有游泳、衝浪、駛船的年輕男女，對於島嶼上的居民，還有遠地來此度假的遊客，海洋就像島嶼的延伸，與人們的生活作息結合在一起。

Hawaii在政權上雖然被迫成爲美國的一州，但是美國政府有效率的企業化經營，盡可能保留了島嶼的原始風貌，以維持優良的觀光品質。每年有大批觀光客，尤其是日本人來這裡大量消費。

我的家鄉台灣，和Oahu島的地景、生界如此相仿。透過眼前所見的景象，我想像百年前，尚未遭到粗暴開發之前的台灣島嶼，它的綽約丰姿，想必更勝於此地吧。難怪從遠域來的洋人，會情不自禁發出「啊！福爾摩沙」的讚美。

但是回到家之後，正值台灣的山岳「每年一度」的走山「週期」。在山裡，滾滾土石流淹過村落；在河道，堆積的廢棄物四處流竄；在沿海，垃圾，污油不斷翻湧，消波塊、堤防、軍事崗哨，像冷硬的水泥長城，把海與陸切割開來。山與海不但不可親近，而且充滿懼怖。

同樣相近的熱帶島嶼，走過相同的年代；不同的政治勢力，獨霸決策權，控制島嶼的發展方向，台灣環境竟崩毀得如此快速啊！

原先也擁有得天獨厚自然條件的台灣，爲什麼會潰壞到如此不可收拾的地步？爲什麼災難年年重演，執政者和人民還是一籌莫展？

土地原生的美好資源，是上天賜與該地生民的恩寵，有沒有福份享有這份恩寵，還要看當地生民是否懷抱敬畏珍惜的情懷。

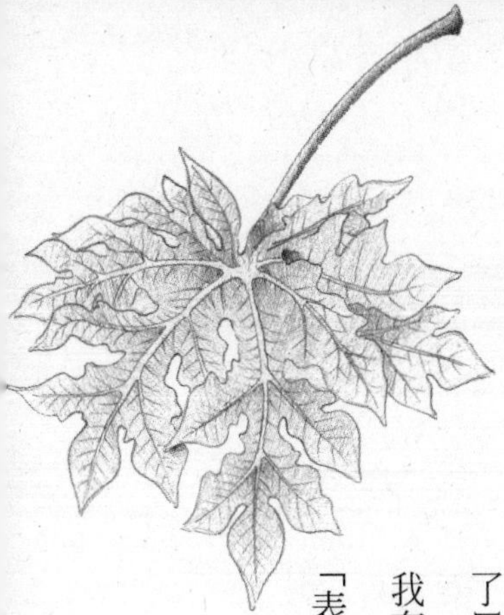

木瓜

鮮美帶不走

一位住在Hawaii的台灣人周明峰醫生，曾經撰文書寫「Hawaii王國的原住民歷史」。他說：「Hawaii本應該根據其音中含有祝福意味的『哈』字，音譯爲『哈哇意』。但卻被華人翻譯爲『夏威夷』，看來又是華夏人自以爲威震夷幫的沙文心態在作祟。」

年少時我從地圖、相片、和旅遊介紹影片中，揣想這個飄盪在太平洋上，好像由大大小小的珍珠環串而成的島嶼群，總是充滿夢想。

這次應世界台灣同鄉會的邀請，也爲了對Hawaii的憧憬，我首次造訪了Hawaii群島。一下飛機，當地接機的台灣同鄉就援用Hawaii的禮俗，爲我套上鮮花圈以示歡迎。面臨如此熱情的「夷幫」文化，我這個向來不善「表情達意」的台灣人，受寵的興奮當中還是覺得相當靦腆。

到旅社歇下後，我把玩著這串鮮美的花環，這是由一種淺綠色的小蘭花，朵朵串連而成的翡翠項鍊。我站在鏡子前面，端詳這串鮮嫩欲滴的花圈，它的光彩掩蓋住我因旅程勞累而憔悴的面容。

尚在Hawaii大學研讀語文學的台文詩人李勤岸，帶我遊覽「哈大」的熱帶雨林植物園。這個精心保留的園區，位在歐胡島的山丘上。這樣的原生植物園，雖然沒有被列爲著名觀光景點來招攬觀光客，但是對於像我這樣「見識不廣」的人看來，它所擁有的「奇花異卉」簡直「不計其數」，讓我驚嘆不已。從棕褐色的泥地鑽出豔紅的「竹筍」（姑且稱之竹筍），從巨木上垂下繽紛的花串……纏繞著、懸吊著、直挺著、輻射開展著各種形象的花；香蕉、鳳梨、木瓜等各類水果，都有多種獨特奇異的品類；人工顏料無法傳達的色澤像彩霞、像牛奶、像藍天、像綠水……交織在明亮陽光與陰暗的樹影間。

這絕對是從島嶼誕生數百萬年來，經歷山河雨露的孕育，至今還在的原生之美。這份美麗也只有與當地共生存的人有資格享用、有能力留存。

包括大部分觀光飯店的天井、庭園、街道、路樹、山丘、谷地、海濱，Hawaii的確可以稱得上是一個鮮花鋪地的島嶼，不只自然環境由鮮花綴成，當地人衣服、草帽、飾品上的圖紋，都是從島嶼上的鮮花、綠樹、蟲魚、鳥獸的形象衍生出來的。看街道上來往的行人，總覺得只有穿著「花紅柳綠」的圖案的衣飾，才能與這個熱帶島嶼相稱。

Honolulu舊名檀香山，是因爲曾經盛產檀香木。這種珍稀香木被視爲吉祥物，供廟宇祈福敬拜時做香料，和雕刻佛像的素材。一百多年前，貪婪商賈聞香而來，大批美商蜂擁入侵，倚靠其船堅砲利的優勢，和狡獪的文明騙術，逼迫島民大肆砍伐檀香木，直到當地檀木已經面臨匱絕殆盡，檀香山也終於成爲歷史名詞。

在美商龐大資本的侵略下，哈島王國被迫交出政權，美麗的島嶼終於成爲強權社會，觀光文化之下的賣點。島上波里尼西亞族裔的原住民，生活方式被迫融入資本社會的結構中，大都以販賣特有文化來取悅觀光客，賺取低微的生活必需。

美好的事物，惹人貪欲；哈島的豐美，引來霸權國家的掠奪狂潮。

當我整理行李，準備離開Hawaii群島返回家鄉時，我再度把玩鮮花項鍊，愛不釋手，很想將它披掛胸前攜帶回家，但最後還是把它懸在旅店的窗口，讓美麗留在島上。

其實遊走各地後，更能體會所有的美都只屬於當地區，都是帶不走的，若想把「美麗」帶走，那是一種貪婪的奢想。你唯一可能保留的，只是那一刻心靈悸動的感覺而已。

樹政

【卷三】

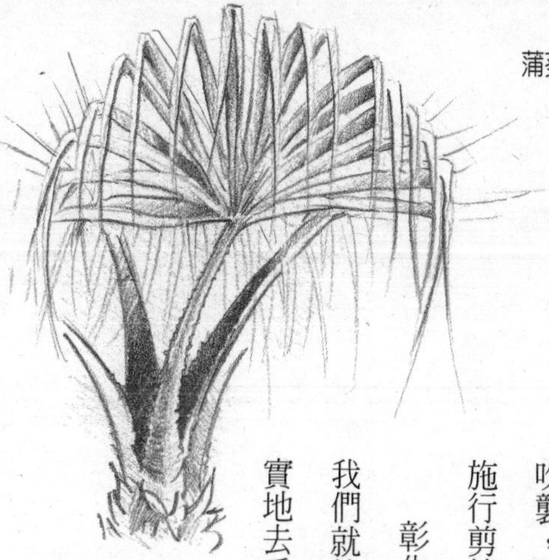

蒲葵

樹政

家住鹿港，多年來與我們共同關心台灣生態環境的年輕朋友粘家財，有一次與我同往台北參加反核遊行。在旅途上聊天，他知道我對路樹的生態特別關心，一再要我到台十七線濱海公路去看看新種的路樹。

家財說：「包括王功漁港的海堤岸旁，還有從王功到鹿港，沿途道路的分隔島，新近種植整排蒲葵樹。掌狀大葉子的蒲葵，禁不住強烈海風的吹襲，枝葉被颳得萎垂在地。公路單位唯恐垂地的枝葉障礙行車，就全部施行剪枝，現在只剩下一柱柱圓禿的樹莖了。」

彰化縣西邊的海岸線，是我和丈夫經常逗留、共享閒散的地方。平常我們就特別關心這裡的生態變遷。聽家財這番敘述，當然專程找個時間，實地去看一看。

沿台十七號公路兩旁，台灣原生種「黃槿」長得堅挺茂密，但是路中央分隔島上的蒲葵，枝葉委地像殘破的掃把。

順著王功漁港海堤道路緩緩行進，仔細尋找家財告訴我的蒲葵路樹，才在一大片天然的「白水木」樹叢中間，找到零零落落幾株人爲種下的蒲葵樹。

具有掌狀大葉子、容易大量蒸散水分、根系淺、固水能力差的蒲葵，被種在既乾又鹹的海岸線，受到海風凌虐，它們顯得憔悴枯槁。相較於周圍只要順應自然環境，無須費心呵護，就長得蓬蓬勃勃的白水木，人類在這兒大費周章所做的植栽，顯得孱弱而可笑。

相同的環境條件下，天擇的適應者與人爲強植的不適應者，演化成截然不一樣的狀況。

環境保護和環境綠化，在今天絕對是最重要，也是最流行的議題。各級政府的多數官員，都懂得趕上潮流；一說要綠化，誰也不敢反對。至於大筆綠化經費，是否應用得當，則鮮少有人去追蹤研究。

綠化經費的發放，也像台灣所有建設工程分配款一樣，層層分配到商人手中。包攬綠化工程的商人，往往既缺乏生態常識，又沒有環境責任心；爲了賺取豐厚中間利潤，寧願捨台灣原生植物不種，遠從國外進口外來品種，甚至從病蟲害疫區引進未經檢疫的苗木，引發台灣植物病蟲害流行。

這些外來種植物，不但價錢昂貴、適應力差、存活率低、維護費用高，還可能使整個台灣生態異化。

不做環境評估、缺乏對物種習性的了解、捨近求遠、捨本逐末、漫無規劃、任意植栽，是台灣近幾年來的綠化風潮。我看見西海岸具有截沙防風功能的木麻黃被砍伐之後，改種細葉欖仁；新開發的低海拔山林，砍除混生雜木，種植來自寒帶加拿大的落羽松……。

環境問題如此急迫的今天，種樹絕對是一門專業學問；不同植栽環境的適應、樹種的選擇、樹木種下後對生態的影響、種植後修樹、護樹的工作，都不能草率行之。行政單位若以爲把錢花了，把樹隨便埋進土裡，綠化工程就算完成，未免太無知，也太不負責任了。

政府需要有一套完整的「樹政」。

七里香

拒絕強剪

台中市西屯區的大容東、西二街，沿著河道兩岸一公里，密植垂榕樹木，替僵硬的水泥都城，留下一街柔軟的綠帶。但是市政府的工程人員，不知道是基於什麼理由，年年都來修剪，一次又一次，把一街的綠色長髮剃成光禿禿的平頭。眼看新葉還未長密，下一輪的修剪又來了……。終年難得看見濃密的綠蔭。原本應該是蔥蔥鬱鬱的美麗垂榕，卻經常像一株株禿頂的木樁。

爲了讓樹生長更健全、造型更完美，「剪樹修枝」原本是園藝學上的學問，是順應樹性的一門藝術，但是不知從何時開始，又爲了什麼理由，以「截頂」的方式，粗暴對待路樹，已經成爲理所當然的常態了。

舉凡公路養護單位、環境衛生單位、植電竿、牽電線的電力公司、拉

電話線的電信局、有線電視公司等等單位，或者是了防颱、排障礙，都有「名正言順」的理由，將路樹大剪特剪一番。

以幾近「斷頭」的方式修剪路樹的行爲，並不只發生在這條街上。幾乎全台灣島都市的行道樹和公園樹，都慘遭「強剪」的橫暴待遇，而在樹下來來往往的台灣人，卻絲毫不在意這種年年進行的「大屠殺」，實在感嘆台灣人對樹木的冷漠。

住在大容西街上有一位張豐年醫師，難忍心中的疼痛，於是聯合居民發起一連串的護樹抗爭行動。

當張豐年醫師向施工單位提出：「『過度強剪』使樹木發生日燒灼傷、脆化、龜裂、細菌感染，經不起風雨侵襲就倒了。」這個看法時，一直不被施工單位採信，台中市政府依然提撥大筆經費「重複大幅度修剪」路樹，以致街頭路樹盡是殘破、衰敗與死亡。

張醫師爲了向市政府提出「具體證據」，來證明「過度修剪」的禍害，就開始進行一連串路樹生態的調查研究工作。

數年來他利用醫院休診時間，背著相機，帶著書冊、筆記，跑遍整個大台中區；尤其風雨肆虐之後，更是他實地觀察、紀錄的重要時機。他把具體採證的資料與植物學者、生態學者共同探討，連植物學家都驚訝於他深刻的見地。我曾聆聽張醫師解說行道樹養護的專題演講，實在佩服他務實又細膩的求眞態度。一個人體醫師，居然成爲「行道樹生態專家」了。

張醫師將研究結果彙編成一本頗具有專業見解的書冊，名爲「從颱風災害看行道樹之管理」。一篇頗具「專業水準」的論文，道出來的其實是非常「簡單」的觀念，就是：「除非路樹嚴重妨害人車安全，否則盡可能不剪樹，任其茁壯。」因爲不當強剪，不但浪費經費，妨害樹木生長，還會造成倒塌，嚴重毀壞都市生態，完全是有害無益的做法。但不知路樹管理單位，聽得進這麼「平實」的建議，而改變其「傳統」嗎？

社會關懷從自家社區開始，都市環境的改善，當然以街道旁的路樹爲起點。全台灣各縣市政府，如果眞誠想要做好路樹管理，都應該研讀張醫師的專題報導，重新檢討一貫的強剪行爲。

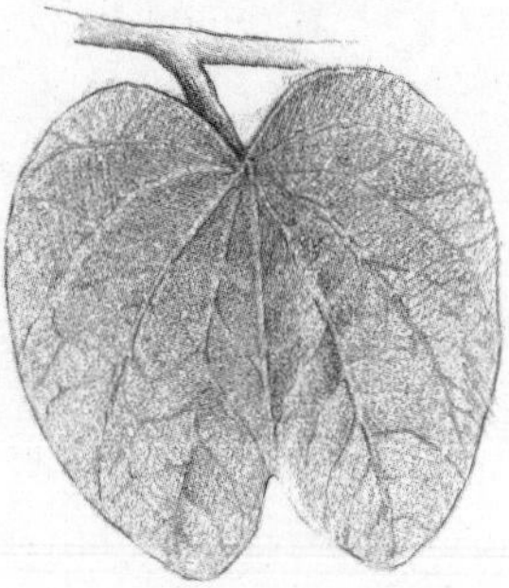

羊蹄甲

官員種樹

從我兒時，就被教導朗朗吟唱種樹歌：「樹呀樹呀，我把你種下⋯⋯。」到今天，從中央政府到地方人民，高喊「種樹救台灣」的口號並沒有間斷過。但是在我四、五十年春秋的視野當中，不但沒有看到有新生的綠林滋生，反而只見到綠野逐日縮減衰頹。

頭腦再迂腐的官員，也懂得：「種樹造林才是永續台灣的生路。」因此這些掌管台灣「發展方向」的官僚們，不管他們做了多少摧毀台灣生態，敗壞台灣環境的重大決策之後，總還是不會忘記：安排一個吸引媒體注目的時間、地點，營造一種感性的氣氛，然後「種下一棵樹」。

每棵樹的樹齡和品種的「貴賤」，往往還得與種樹者官階的「高低」相稱。居高官位者，若只讓他種一棵普通的「小苗木」，未免有失派頭。

看看最近我們的總統，就曾經爲高雄的某大學，種植了一棵年齡百歲以上，造型被修剪得非常「精美」的老榕樹。

每移植一棵樹，都是對樹木的一次傷害，更是對土地的欺凌。想想如果由一粒小小的種子定地生長，終於成爲一株百年老榕，他的根鬚會以何等驚人的力量，牢牢固著土地？他又會漫開成何等蔥籠的綠華？

但是爲了讓官員在人民面前「示範種樹」，卻狠心把百年老榕，從它的原生地挖起來，斬斷根鬚，當作交易商品，異地搬運，再象徵性的種下去。失去廣大根系用以滋養樹身的老榕，只能在新栽地憔悴苟活，或者可能枯乾而死。

在媒體聚焦點前面，官員們剷幾坯土種下一棵樹，並不困難；但是要呵護這棵樹不斷成長，而且保證不被傷害或砍伐，則需要長年累月的關心。

一棵樹成長的歷程不只艱辛，還可能隨時有極大的變數。誰能預期今天風風光光在攝影機前被種下的樹，過一段時間不會因爲乏人照顧而枯萎？或者今年被主事單位列爲「植樹地」，明年又因爲要進行新的「開發工程」，而被更動或砍伐？

每年植樹節都有官員發起種樹運動，好像行善的功德榜一樣，株株都掛上官員的名諱做紀念。但是這些種樹者種完之後，不知道還記不記得他曾經在某時、某地種下某樹的事情？不知道他是否在乎這株親手種下樹木的生死？而我卻常常發現，今天熱熱鬧鬧種樹，明天就乏人問津以致荒廢成枯木。

因此我覺得，如果官員們要在人民面前示範種樹，那就給他一株「小苗」，而且要求他們信守承諾「認養到底」。負起這棵樹苗壯成長的責任。

現代人的生活慌忙急躁，樣樣事要求「速成」。官員種樹，通常只是一場環保秀。他們不曾耐性去體會植物的成長，是要每秒、分、時、日、年，甚至每世紀……，刻刻都進行細胞分生，才能由小小種子而芽、而苗、而茁壯、而蔚成綠蔭的。人若能體會這種成長歷程的莊嚴，就像讀懂一篇自然史詩一樣。

每個官員若能讀懂這自然詩篇，就不會輕率勾結財團，揮動御筆批准惡劣的開發行徑，進佔山林，摧毀林木了。

相思樹

車與樹

聽說東海大學又在砍相思林了！這是八年來第三次「大規模」的砍樹行動，至於小規模砍伐，就姑且不計了。

爲了校方賣地給郵政總局，砍伐二千餘坪的相思林、爲了興建綜合大樓，砍伐相思林、這次爲了興建停車場，還是要砍伐相思林。

每一次的砍樹行爲，在遇到反對聲浪的壓力時，校方就宣稱這是「最後一次不得已的需要」。每一次砍樹時，主政者都說：「很痛心、實在是不得已、這是最後一次。」但是每次一打出「建設」的堂皇理由時，永遠會有新的「不得已」、永遠會有不斷砍樹的「需要」。

甚至爲了耶誕節夜晚，校門口短時間的璀璨裝飾，居然把列爲珍稀保育木「台灣肖楠」的枝幹砍掉，當作聖誕樹使用。這種只顧及時功利的粗

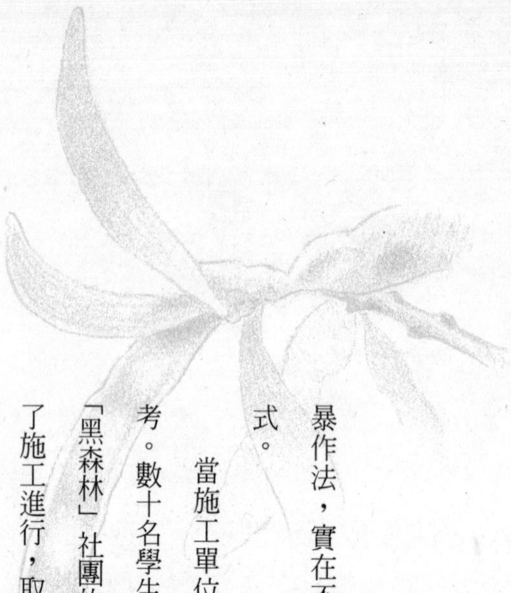

暴作法，實在不是培養文化菁英人才的大學校園內，所應該有的思維模式。

當施工單位出動怪手開始砍樹時，東海的學生，正忙碌著準備期末考。數十名學生放下課業、不計寒雨淋濕身體，發起護樹抗爭；鄰近大學「黑森林」社團的學生，聞訊也趕來關心。幸好年輕學子的熱情，及時阻止了施工進行，取得再緩衝協商的機會，否則又是一大片相思林在瞬間消失了。

東海大學相思林的歷史，比東海大學的校史更長久。由於開山闢校、開發東海社區，原先大度山上整片廣闊的相思林，現在僅存東海校園內的這一小片了。無論從歷史的角度、從生態的角度來考量，僅餘的相思林勢必得保留下來。

車輛的確是年年增加，停車問題的確是必須解決的困難，但是爲了停車非砍樹不可嗎？沒有兩全其美的方法嗎？

現代人對「車子」的愛惜之情，已經超乎人類對待「器物」的正常程度了。一棵樹別說是刮傷樹皮，甚至砍伐死亡都少有人憐惜；但是一部車只要表面受到輕輕的刮痕，車主往往心痛欲絕。

如果你曾留意某些人在整理自己的「高級名車」時，那種憐惜愛撫的神態，還有旁人對於擁有高級車的車主，所流露的欣羡眼光，眞要懷疑「物」的信仰已經成爲現代人的「精神依託」了。

所以許許多多的學校、機關，爲了保護車輛，不只毫不留情的砍伐樹木，讓土地淨空以騰出停車空間，還大肆鋪上水泥地、興建角鋼鐵皮車棚，爲車子遮風避雨。

車子本來就是要在風裏來、雨裏去的工具，我頗爲懷疑，眞的必須如此「寶愛」車子嗎？如果在不砍伐任何樹木的原則下，規劃出相思林間的空隙，鋪上能滲水的空心磚，有秩序的擺放學生的車子，讓機車、腳踏車停在林蔭、落葉間，不也是可行之道嗎？難道非做砍樹淨空的橫霸規劃不可嗎？

部分大學生愛樹、惜樹、護樹的行動的確可佩，但是要留住更多的樹，除了向不當的決策者表達抗爭之外，個人的生活態度、生命價值觀其實也有思考調整的必要。

包括牛津、劍橋等名校，英國許多的大學師生們，通常以步行和騎腳踏車在校園中來往。我們大學的師生們，如果居住在學校內外附近者，也能以腳踏車代替狂傲的機車，讓校園內悠揚柔緩的步調，取代呼嘯奔馳的競速，不是更能營造一個沒有噪音、沒有空氣污染的綠色校園嗎？

不砍任何一棵樹、不需要水泥停車場、更不要遮雨棚，讓腳踏車靜靜停放在綠蔭下，這是多麼浪漫的景象啊！

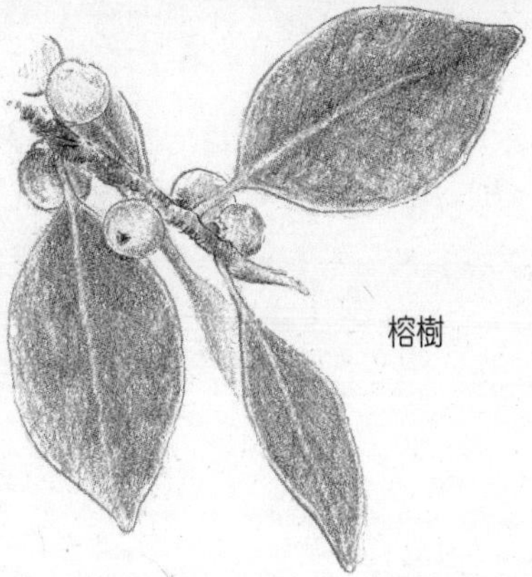

榕樹

田頭大榕公

彰化縣竹塘鄉的田頭庄，有一棵高齡大榕公，傳說「威靈」顯赫，遠近馳名，常有大批善男信女，乘坐遊覽車前來朝拜，或占卜明牌。我們也慕名前往一睹風采。

我們的車子下西螺大橋，沿入濁水溪的北堤岸，逐漸趨向「漠化」的乾河床，在乾旱的冬季，更是黃沙撲撲，一片灰濛。

車抵目的地，遠遠就看見受人敬仰的大榕公，濃濃密密，以厚實沈穩的大身軀，開展在濁水溪出海口的沙洲上。原本應該是鮮綠油亮的枝葉，因爲蒙上黃沙而顯得有些暗沈，但就像簇立在灰黃河床上的青翠綠洲，美麗的風貌，讓人一眼望見，依然激動得想要親近。

在大榕樹旁，立有根據農林廳調查後的解說告示牌：「樹齡約兩百年，整棵樹佔地約二四五〇平方公尺。」由於氣根漫開，再定地生長，主幹與枝幹盤根錯節，蜿蜒如龍，因此被喚做「九龍榕公」。

我們從邊沿的氣根間隙，往大榕公的主幹走進去，迂迴穿梭在龍身盤踞的枝幹間，好像在深幽的綠色迷宮探險一般。用手摸摸粗壯、扭曲、佈滿皺褶、樹瘤的主幹，我們著實被大自然豐沛的生命力震驚。

想想才兩百年前，也許是雀鳥銜來的一粒小小種子，也許是順濁水溪的水流飄盪到此落腳的一株小苗，在沙洲豐厚的沃土上，接受雨露精華的滋養，竟然壯盛爲如此蔥蔥鬱鬱的風華。

其實上蒼以何等公平的慈愛，眷顧地球上每一個生命，想想才在幾年前，這片出海口的肥沃沈積地，除了這棵大榕公之外，周圍一定還有不計其數的各類雜木、菅芒、叢草形成蒼蒼莽林，與榕樹和平共生，彼此庇蔭滋養。但是短短幾年的開發，人類披荊斬棘的結果，四野已幾乎成爲綠草

不生的黃沙地，只留下這株大榕公孤零零的訴說往時的旺盛生機了。

台灣漢人過去墾地、開田的過程中，不懂對林木的珍惜，砍之、燒之。所幸民間傳統的信仰，對榕樹特別尊敬；土地開發的過程中，一遇到老榕通常比較能夠手下留情，放他生路。因此在這個濁水溪堤岸，有不少榕樹有幸得以繼續存活，而終成爲眾人敬拜的老榕公。至於許多其他樹種，往往沒有這個福分，終至被砍伐殆盡了。

正因爲台灣民間對榕樹愛它、敬它、拜它的獨特情感，我們今天才能欣賞到分布各地尚存活的老榕；也正因爲我們愛它、敬它、拜它的獨特信仰，竟封死了它繼續茁壯生長的生機。

鄉民感念大榕公的靈性，在樹頭前設置香案、香爐、油箱，供人膜拜獻金，樹上披掛紅綵、花燈，把「老榕公」妝點得粗俗可笑。這些妝點其實事小，最令我不忍的是，善男信女奉獻的香油錢，被一些毫無自然觀的

「大榕公管理委員」胡亂「建設」，把大榕公周邊地面用密實的磚塊，砌成一大片水泥廣場，把土地密密封死。從此，自然界的雨水、露水涓滴都無法回滲到地下，老榕垂下的氣根再也找不到著根的泥土了。

來自信眾的仰慕，或者更正確的說是：來自信眾的「貪婪祈求」，也來自信眾的粗俗、無知，就在人類的「保護」措施下，反倒使這珍貴美麗的大榕樹，生機漸衰，委屈的苟且存活了。

想想兩百年的時間，可以從一個小小的種子，成長為面積二四五〇平方公尺寬闊綠野的榕樹，如果任其順著自然律的孕育繼續成長，將會有何等可觀的未來？但是人類自以為聰明的操弄，只在一夕間，原可無限久長、無限寬廣的生命，竟被封閉在水泥藩籬內，從此失去再拓展、再蔓延的生機了。殊不知多一點尊重，少一點自大的「干涉」，才是眞正的愛啊！

爲榕公祝壽、禮拜的熱鬧慶典之後，我看到風沙捲起，信眾燃放鞭炮的炮屑與垃圾到處飛揚，可憐田頭大榕公，已經失去了自主的生命力，而變成被人類美其名是「供奉」，其實是「玩弄」的「大木偶」了。

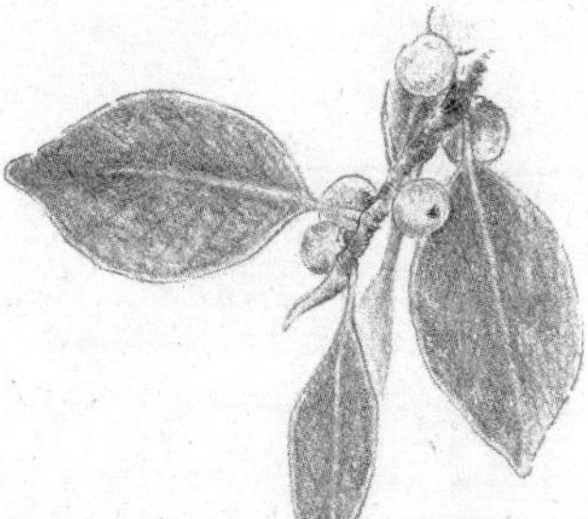

田頭大榕公

樟樹

不差兩棵樹

我們每日爬坡行走的山路，最近因爲選舉期近了，而有利多行情。地方民意代表，爭取到大筆「建設」經費，從山下沿坡道到峰頂，著實「建設」了一番。原本由登山者踩踏而形成的泥石路，不但鋪上了水泥階梯，更在階梯兩旁架設了鋼管扶手。

儘管水泥道路和冷硬的鋼管扶手，用腳踩踏或用手撫觸，都感覺粗陋冷硬，毫無美感，但是爲了老老少少登山者的安全著想，這不得不的「人工建設」，或者說不得不的「自然破壞」，似乎是可以容忍的。

在峰頂的樟木林台地，更搭建了遮雨棚、泡茶台、搖床，還有卡拉OK音響、呼拉圈等等設施，供登山人在這兒泡茶、閒聊、歌唱、小憩一番。

儘管我是個徹底的自然主義者，只要有生息旺盛的樹木、有清幽的林蔭，能隨興走走，或者任意躺臥，沒有市聲吵雜，就是最好的休閒區，因此我不喜歡多餘的建設，破壞了自然野趣。但是爲了滿足大部分民眾的休閒需求，發展出來的這種庶民文化，我還是可以接受。然而看見民眾對周遭生態毫無愛惜的傷害行爲，不免生氣、傷心。

我看見原本沿階梯生長的每一棵樹，樹頭都被包埋在冷酷的水泥當中。施工者對這些牢牢固緊大地的樹頭，沒有絲毫敬意，不肯稍作繞道迴避，不肯留它一點呼吸、汲水的空間。台灣人思維中欠缺對生態倫理的尊重，舉措粗蠻，令我深深感慨。

那天晨霧中，我和丈夫沿新建的階梯登上峰頂時，看見幾個比我們更早到達山頂的爬山者，正把一截鋼管扶手（這是「建設」落成之後，未加收拾，棄置在此的多餘建材）架到兩株並排生長的樟木枝枒間，兩手用力拉扯，估量枝枒支撐的力度，然後用麻繩將鋼管纏繞，勒緊在枝枒上，準備做一架單槓。

看看兩株成長仍屬幼嫩階段的樟樹，枝幹被麻繩緊緊綑綁，艱難的撐住鋼管和人類粗壯的重量，丈夫心生不忍，立刻上前阻止道：「不能如此，否則這兩棵樹恐怕活不成。」被阻撓的當事人非常不悅的說道：「到處都是樹，不差這兩棵。」說完還故意躍起攀拉剛剛架好的單槓，對我們示威性的搖晃一番，弄得兩棵小樹搖搖顫顫。

從那個人不悅的眼神，我心想這事件是發生在如此天寬地闊的林野，火氣自然不旺，若是在混雜的街市，像我們這種「愛管閒事」的人，難保不會受到教訓，只好拉著丈夫離開。而峰頂一株株的樟木枝幹，就被一座接連一座的單槓、吊床、雙環磨得形容枯槁了。

「到處都是樹，不差這兩棵。」

就是這樣的理由，讓每一個人有意無意間，成爲自然生態的殺手，卻絲毫不覺愧疚。

「到處都有山林，不差這一片。」

就是這個理由，讓貪婪者假開發之名，肆無顧忌的吞噬一片又一片的自然林野。

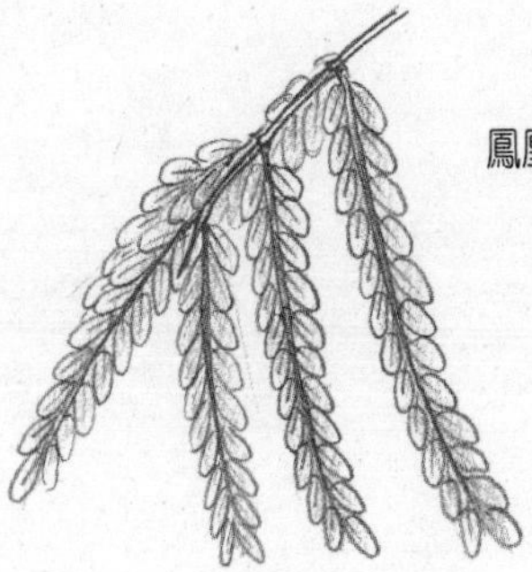

鳳凰木

打掃落葉

我喜歡在空閒時間，到位於住家附近，一所國小的涼亭底下讀書。主要是貪圖涼亭頂蓋上，那一株老榕樹的濃密綠蔭。尤其是夏天，我寧願捨家裡的冷氣不用，到這兒享用免電的天然涼氣。

但是上課的日子，一到下午四點左右，就來了一群小學生，拿著竹掃把，開始了每天的打掃工作。小小的個子，拿著大大的掃把，在草地上奮力的刮掃起來，揚起灰撲撲的塵土，實在惱人。

我放下書本說道：「小朋友，只要撿撿垃圾就可以了，落葉不用掃，否則會把草皮刮死了。」小朋友抬頭疑惑的看我一眼，繼續低頭賣力掃地，畢竟，我不是他們的「老師」，講出的話沒有權威性。

我常在校園中看學生爲了掃落葉，一直刮草皮的景象，非常心疼，早

就想寫一篇文章，說說自己的看法。前日讀到生態攝影家陳月霞女士，在《台灣日報》副刊「非台北觀點」所寫的關於掃落葉的文章，更是引發心有戚戚焉的共鳴。想不到不只小學生，在大學校園內的大學生，也一樣用如此粗暴的方法在施行「整潔工作」。

我在中學當導師時，看見我的學生勤於打掃落葉，甚至連鳳凰木像小碎片般的黃葉都不放過。爲了刮除這些小葉，每掃一次就刮掉一層土粉，弄得地面寸草不留。我對學生說：「只要掃去水泥走道上的落葉就可以了，土面上的就順其自然吧。」我的學生非常認眞負責，他們回答道：「老師，這樣我們班的整潔比賽成績，不就輸給別班了。」看來爭第一名的「榮譽心」，眞的是現在台灣教育的原動力；不只在課業成績，連打掃環境都是這個標準。

而雖然學生這麼認眞打掃落葉，但是看看全民的社區環境，或者走進大學生（高級知識分子）居住的宿舍，看看內務狀況，就明白台灣人的「整潔教育」其實是不及格的。

生活是一種文化，文化自有其原由。一九〇〇年在台灣強人領袖蔣中正一紙行政命令下，所謂「新生活運動」煞有其事的推行起來。「整齊、清潔、簡單、樸素、迅速、確實」六大原則，成爲台灣學生朗朗上口的口號，服從性最強的小學生配合得最賣力。

全台灣的高中、國中、國小學生，都非常勤於做整潔活動，有的學校甚至朝、夕各一次。聽說有些女子高中學校的清潔比賽，教官手帶白手套，像閱兵一樣走過教室，摸摸窗台、牆角，白手套的手指上若出現墨跡，就被扣分。可惜如此「高品質」的教育法，台灣的整潔還是不及格。

我多麼期望，我們的校園環境不要如此僵硬，可以留下自然時序的痕跡，更能順應生態的思維方式，落實於生活當中……。

擋我者死

拒絕強剪

芒果樹

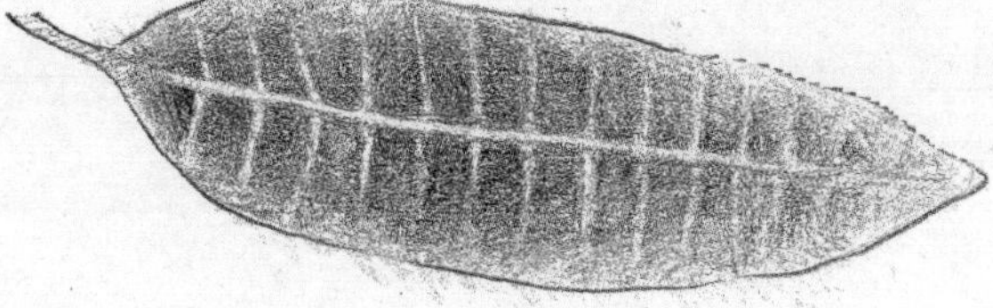

鄉親的民意

我的鄉親不要樹，支持砍樹是多數鄉親的「民意」。

斗中路貫穿我的居所，北斗到田中之間，兩旁種植濃蔭深垂的芒果樹，估計樹齡總有二、三十年吧。枝葉茂密向路中央開展，形成拱型的綠色隧道，這是早年台灣小鎮留存的獨特風華。

車子緩緩駛過其間，不必匆忙趕路，依稀還記得牛車、腳踏車在林蔭間迤邐前行的古樸形影。春季枝芽吐新黃，冒出長串的黃色花穗；入夏彈珠大小的青果已纍纍成串；隨著季節漸深，果實逐漸飽滿下垂，顏色由青轉黃、滋味由酸澀轉香甜。這些公共產，常由人採摘食用。

近幾年來，爲了配合激增車輛焦急的行車速率，進行道路拓寬工程，鎮公所決定將兩排芒果樹全部廢棄，擴建車道。

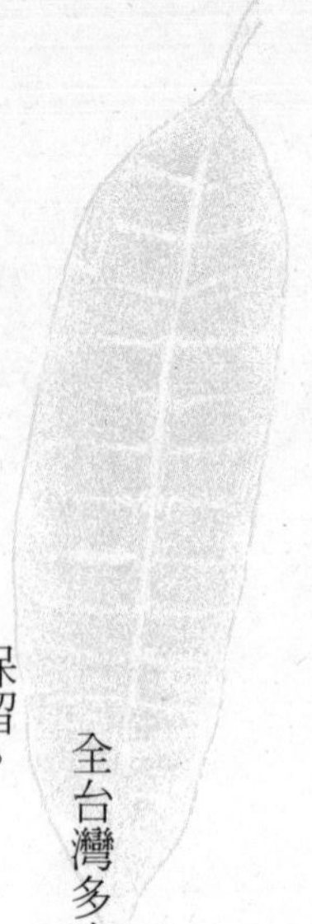

全台灣多少林蔭道路，就是在這樣的理由下快速消失，只有一些得以保留。

例如台東縣，原有綿延數公里的老茄苳樹，因爲拓寬道路被砍伐無數，但是經歷當地環保人士的護樹抗爭，老笳苳樹終於被保留下來，成爲台東人的驕傲。居住台東的詩人詹澈，曾經帶我們親自體會它的風華，看見一株株美麗老樹，得以死裡逃生，實在非常感動。

據任教嘉義中正大學的施懿琳教授說：中正大學建校時，爲了拓寬校門口道路，也曾大肆砍伐道路兩旁的芒果樹，後來由於中正大學師生群起抗議，終於把剩餘將近一公里的芒果樹保留下來，規劃成快、慢車道中間的安全島；既不妨害交通流量，也爲僵硬的新興城鎮，保留了柔軟的林蔭。

有不少雖然微弱，但「護樹」已經有實際成績的成功例子在先，所以當我聽見要砍斗中路行道樹的消息時，就趕緊向鎮公所決策單位探詢狀況，並且透過縣議員提出議案，希望把原來生長的林道規劃成安全島，分隔出快、慢車道，取代原先剷除所有樹木，築雙線道的計畫。

經過一番折衝，鎮公所做成結論說：「砍樹是呼應多數民意所做的決定。」全鎮的鎮民代表決議，兩排芒果樹必須全部清除，理由是：「生產的芒果無人願意標去販售，毫無經濟效益。移植又太麻煩，剷除所有樹蔭遮蔽，行車就會更順暢。」

決策通過之後，開工第一件事當然先砍樹。於是短短時間內，整個斗中路，頓時像一個殺戮屠場，三、四公里長的行道樹，先截枝葉、再斷樹幹、樹頭。電鋸橫掃而過，生命委地的一刻，從截面流出褐黃透明的汁液滲入泥地，像樹木的血淚，在哀哀控訴。我開車穿過這條樹屍橫陳的道路，只能假裝視而不見，以麻木來化解心中的悲痛。

是的，這些決策者，是我們鄉親以票選擁護出來的民意代表，我的鄉親不要樹，支持砍樹是多數鄉親的「民意」。在所謂民主化的時代，像我這種懷著「異議主張」的人，不應該再多說話吧！但是爲何我的心情這樣疼痛？

我只能承認，做爲一個彰化縣民，我們的鄉親的確需要再反省，而我們自己付出的努力也的確還不夠。

莫非與樹有仇？

我們經常行走的登山步道，位於田中鎮鼓山寺後面。鼓山寺的水泥圍牆內，有假山、流泉、花園，整理得精緻幽雅。寺門外原本種植兩行枝葉茂密的菩提樹，登山時，我們必須穿越菩提樹的綠蔭，轉入寺後的步道上山。但是去年初春的某一天，竟然發現所有菩提樹，全部被攔腰鋸斷。探問的結果，據說是寺廟內的女尼，嫌掃不完的落葉，也嫌廟前的樹蔭遮了廟的「好地理」，因而砍樹。我實在想不到守「不殺生」戒律的僧尼，居然不珍惜樹木的生命。

我原本還寄望尚存留的樹頭，可以再發芽生葉，但因爲樹頭整個包埋在水泥地內，沒有呼吸、汲水的空間，到了今年春天，非但望不見任何新芽，整株樹幹已經腐化變成木屑，斑斑脫落了。多年堅忍生長的生命，在被砍的一刻就注定結束了。

砍樹的事，經常發生在生活周遭。住區附近省道旁邊，原本有一整排尤加利樹，後來鎮公所為了「美化環境」，挖掉樹木，改闢成花圃，種石竹、海棠、矮牽牛和韓國草等等嬌貴的草花。草花得隨季節更新，保養不容易，最後終於被垃圾覆蓋、被行人踐踏幾乎殆盡。

我的住家門前，幸好有一塊水利局所有權的畸零地，鎮公所將它規劃為小公園，雖然欠整理而荒蕪雜亂，但仍保有不少樹木、雜草，能綠化我們居家的視野。今年地方公職人員選舉前，某位民意代表為了討好選民，調請軍隊的阿兵哥，來「為民服務」，大肆整頓一番。當天我下班回家，看見被整理後的小公園，竟然變得「光禿禿」，「雜草盡除」那是當然的事，所有的樹木居然被全部攔腰鋸斷，只留下半截樹頭，立在那裡，像一杜一杜的「木樁」。看見這種景況，我既傷心又生氣，當場落下淚來。

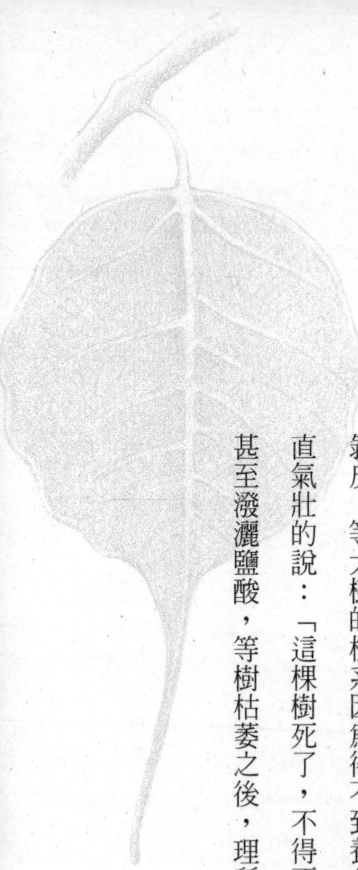

我眞是非常惱恨，這些掌握公共環境「生殺權」的行政官僚。他們對「公共環境」自以爲是的「建設」行爲，其實對自然生態卻造成愚蠢、粗野的破壞。

我看到處處都在砍樹，爲了經濟發展、爲了圖方便、爲了排障礙、爲了寬視野、爲了拓馬路、爲了厭煩掃落葉、爲種花「美化環境」、爲造假山、築亭閣……任何理由，管他百年老樹還是小小幼苗，一概毫不憐惜，說砍就砍，令我不由得懷疑，台灣人莫非與樹有仇？

你知道砍一株小樹，像踩死一隻蟲蟻那樣容易，砍一棵大樹就比較費功夫；爲了迴避反對的聲浪，砍樹者通常在樹幹接近土層處，將樹皮環狀剝皮，等大樹的根系因爲得不到養分而死亡，葉子也開始枯萎時，就可理直氣壯的說：「這棵樹死了，不得不挖掉。」很多山老鼠用這樣的詭計，甚至潑灑鹽酸，等樹枯萎之後，理所當然挖走很多珍貴林木，這種行爲眞是罪孽深重到極點。

甚至有些官員老爺，只因「風水不宜」影響官運，便將府宅中，甚至門外道路的大樹，理直氣壯的砍除。在在顯示台灣社會普遍不珍惜樹木的粗野心態。

今年的植樹節，農委會宣布：「台灣可望在民國九十年之前增加六萬一千公頃的森林面積，全島森林覆蓋率將由目前的五八．五三％提高到六〇．二四％。」讀這種數據，好像是一個令人安慰的訊息，只是不知道放任到處砍樹、放任到處開發，卻沒有履行強力制止的公權力，農委會又能以怎樣的實際行動，來達成他們所「宣稱」的目標？

【卷四】夢幻自然

台灣紅榨槭

夢幻自然

恍如走進一座真實的森林，那裡的空氣新鮮又芳香，林蔭步道幽靜，四顧景色迷人，野花野草夾道相迎……。

你自由而狂野，席天幕地，無困無礙……。

何不脫掉你的鞋襪，何不赤足奔向清涼的小溪……。

你聽到了嗎？那是一片葉子呼喚你的聲音。那是一隻松鼠躍過林梢，那樣輕……。

事實上我正坐在吵雜街頭的飲食店，馬路上車潮鑽動，龐大的怪手張牙舞爪的挖著路面，永遠有理由，永遠必須挖的工程，使街頭終年都灰灰濛濛。而我攜一台隨身聽，雙耳塞上耳機，阻絕外界的紛亂。一面聆聽來自CD的森林音樂，一面閱讀音樂帶上像小詩一般優美的文字說明。高科技電子合成樂器，模擬自然的聲音，帶給聽覺特殊的感受，加上這段文字說明，企圖引人走進美麗的遐想，爲自己營造恍如置身空靈境界的幻覺。

藝術家以大地萬物、萬象爲題材，藉由聲、光、及文字的詮釋，提供人們馳騁想像的無窮空間，但是被框在藝術框架上的自然美景，往往刻意過濾掉所有骯亂、污染和醜陋的現實，選擇最優美的角度呈顯。爲了安慰人類內心深處，對「美麗原鄉」的嚮往，種種假自然爲號召的商品，相繼出籠，誘人消費。而我們眞正的生活環境，並無如此風貌。充斥在耳邊、身旁的盡是吵雜、混亂，和惶惶的危機感，這才是你用五官可以感知的眞正現實。

我的一個朋友爲了台灣建國運動，經常跑遍全島各個角落，但是他說：「我從來不遊山玩水。想玩時坐在電視機前，或者翻看攝影畫冊，玩起來更輕鬆。」的確，即使我們有錢有閒，爲尋訪名山大澤出外旅遊，想

到必須穿越混雜旅途的過程，就讓遊興大減了。

許多「自然書寫」的書，以文字圖像引導讀者進入自然超凡脫俗的境界，讓你必須滿懷幻想，去感受形而上的美感，甚至把每一顆石頭、每一塊木頭都聖潔化，彷彿看見了都得下跪，頂禮膜拜，靠想像來填補現實生活的不足。

其實自然界原本只是供養包括人類在內，所有生物的生息場所。像我這樣平凡的生活者，寧願把自然看做一種可觸可感的生活元件，我的眼、耳、鼻、口，體膚等五官對「清新自然」的感覺需要，並不比心靈感覺更少。在追求孤高的美感和空靈的禪思之外，我更需要它簡單的提供我們：可以安全飲用的乾淨水源；生產健康、衛生的食物供養我們；有清新空氣能自在呼吸；讓我們工作、玩賞、休憩在舒適幽雅的生活空間，享受人性化的倫常關係就足矣。

畢竟欣賞放在框架內的自然美景，比較輕鬆；而實踐自然生活，則必須親自承擔與自然互動的辛勞和責任。如果人類既無法捨棄不斷膨脹的慾求，爲追求經濟利潤，不斷開發，不惜耗損自然資源，導致一片又一片的山岳、河川死去，只好倚靠商家生產一大堆「仿自然」的商品，讓人在虛擬的美景中神遊陶醉，尋找「意識流」的安慰，豈不悲哀？

愛好大自然，何不從親身力行儉約生活開始。

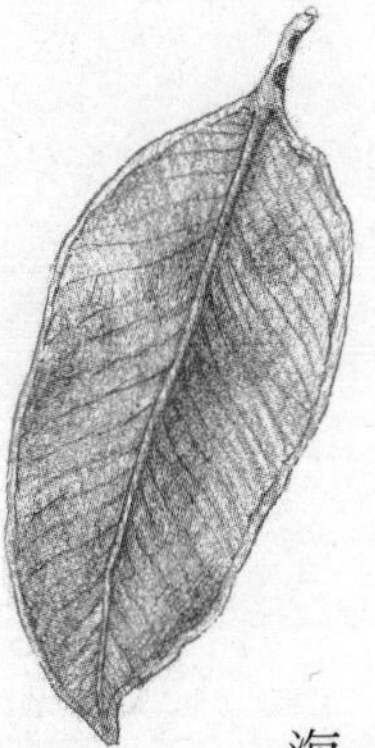

尤加利樹

罐裝自然

現代人的生活，幾乎沒有任何遠離商品廣告的自由空隙。報紙、書刊、街頭、海報、螢光幕、動畫看板……，無所不在，分分秒秒都在誘拐你去消費，看你如何脫逃。

有技巧的商品廣告，能夠刺激消費慾望，而無止盡的消費需求，又開發出幻化萬變的商品廣告。廣告與商品消費互補輪漲，幾乎就是現代人的生活本質了。

你曾細細留意過目前最時興的廣告類型嗎？以近年的趨勢爲例，無論販售何種產品，總要沾點大自然的光彩。

礦泉水聯想到「阿爾卑斯」山上的皚皚白雪；罐裝飲料結合「夏威夷」海灘的波浪；啜一口咖啡，要面對「金瓜石」的金色夕陽沈思；日本進口啤酒，要請名作家浴過礁溪溫泉之後才啜飲；家居的空氣濾清器，是原始森林氣息的製造者；即使是破壞自然山林，大量濫建的住宅，也得有青山綠水的陪襯。

廣告商想必都受過心理學的訓練，了解人性中對回歸自然的渴望，所推出取材大自然的廣告包裝技術，特別誘人，成爲最時髦的賣點。讓人們在強烈追求物慾消費之餘，還能陶醉在幻想的自然景象中，塡補心靈的空洞。

但是我每一次在不得不喝礦泉水或罐裝飲料時，不但不曾感覺雪原的清純，或波浪搖擺的動感，反而懷著大地將被這些瓶瓶罐罐淹沒的恐慌。我甚至擔心，如此發展下去，別說天然的飲水、食物沒了，連空氣都得買才能存活。有一天，或許我得隨身攜帶罐裝空氣，一面呼吸、一面幻想，它是出產自亞馬遜雨林的「芬多精」。

美國賓州的Lancaster country有來自瑞士基督教門諾會（Amish Mennonite）的清教徒保留區。被稱做Amish的大莊園內，阿曼教派的後裔，堅持倚賴風車發電爲動力，堅持使用不會造成空氣污染的馬車爲交通工具。大量生產精美的手工藝品，發展有機農業，維持潔淨的社區，以生活品質優雅，環境優美而成爲觀光特色。

數年前，我有幸去旅遊時，看見住家庭前的樹下，放著袋裝的新摘水果，上有標價，卻看不見商販。遊客只要按價錢放下錢幣，就可自動取走袋裝水果。眼前每一個住家，都被青草、綠樹、繁花妝點得非常標緻，恍如置身仙境。

之後，我在台灣的電視廣告上，看見一部新款豪華驕車，迤邐駛過Amish莊園廣闊的麥田。蓄長鬚，著傳統服飾，頭戴黑色寬邊禮帽的Amish長者和小男孩，看著豪華轎車快速超越緩行的馬車，揚長而去，用欣羨的眼光，注視著這汽車的誘惑，然後字幕打出日本車廠的品名。廣告的侵呑術，眞是無遠弗屆，連這種珍貴的傳統文化都不放過。

台灣商品的廣告術，也跟得上潮流。在眞實生活中，被消費文化侵佔了土地，侵佔了人權的原住民，近年來也被廣告商看上。破落山區的原住民小孩，可以和跨國公司的金融卡結合成唯美的圖像，令人分辨不清迫害與被迫害之間的眞相。

廣告的目標，當然是要不斷開發消費慾。品牌要隨時翻新，包裝要繁複考究，才能維持吸引力。但是無限制的開發，無限制的消費，本就是一條徹底違背自然律的逆流，只會把原始自然，一點一滴的呑噬，把世界的生態環境，更往崩潰推進。

看看企業家，把「自然」當作包裝術，賺取的盈餘，可曾爲自然生態的維護出力？可曾爲那些被消費文明壓迫成邊緣人的弱勢者出力？

楓香

廣告傷害

做爲廣告商，通常都受過起碼的心理學訓練，如何把自己想要推銷的商品，以最誘人的形象，注入消費者心靈中最渴慾的一角，是他們的訴求主軸。

正因爲現代人對回歸自然的渴望特別強烈，取材自「大自然」，利用台灣僅存的老樹、古厝、原住民的歌舞、民俗技藝和美麗的山川流水當做背景，就可以把跨國商業集團，具侵略性的商品，包裝成既懷舊又時髦的賣點，讓人們在物慾滿足之餘，還能陶醉在幻想的自然美景之中。

最近新推出的麒麟啤酒廣告，由吳念眞自導自演，影片是一群在享受休閒的人群，由他們的衣著看來，像是中產階級人士。暗夜中，人人手拿麒麟啤酒鋁罐做成的燈籠，正在熱熱鬧鬧的圍捕溪河（也許是沼澤或潮間帶)中的螃蟹，然後放在大桶內。歡快吃喝慶祝的人群，刻意把麒麟啤酒倒在螃蟹身上，戲弄耍玩，整桶螃蟹因此驚慌蠕動，更引來「休閒人」快樂狂笑。看到這一幕，我實在很感傷。

早年台灣的鄉間小孩，由於物資缺乏，確實都有過摘野菜、找野果、拾稻穗、網魚、捕鳥、撈蜆、抓蟹、釣青蛙的經驗。台灣的生態環境，在還沒有因過度開發而潰壞之前，河川中的魚、蝦、蟹，確實生生不息，供人享用。雖然是生活困苦的年代，卻也正是大地原生資源豐厚的年代。田野間可吃的果菜滋生；清澈溪河裡，到處可用畚箕撈到大肚魚、月鯽魚。孩子們在田野間搜尋一個下午，晚餐桌上就有豐盛的美味可吃。

撈捕的樂趣，爲窮困的童年留下美麗的回憶，但是當年捉魚摸蜆的人，都是以看待自然界「食物鏈」的虔敬心理，來看待野生生物的。

而今環境嚴重汙染，隨時都有許多物種瀕臨滅絕，野生生物是生態系中的弱勢族群，不但捉不得，更須要我們細心保育。廣告商豈能爲了促銷商品，在公眾媒體上，做捕捉、凌虐野生動物的粗野示範呢？

何況今天的台灣人，不只是生活溫飽，簡直是肥脹奢華，在衣食無缺之餘，把野外財富據爲己私的採集、捕捉、收藏、佔有、戲耍的行爲，並不是爲了生存所需，而是一種以「人類爲本位」的「玩弄心態」，更不可原諒。

爲了要達到商品促銷的功能，廣告商對商品的包裝，極盡美化、巧變、誇張之能事。聰明人找尋唯美的原生自然美景做陪襯，更可以把實際上是違背自然律的無止盡「物慾」，美化成一種「人性化」的需求。

許多違背社會道德倫常的誇張性劇情，經常出現在台灣的媒體廣告中，左右了觀眾的價值判斷。媒體廣告對社會教化功能的影響，曾經是優秀文學人的吳念眞，應該比一般民眾有更深刻的了解。當「保育」已成爲全民共識的今天，吳念眞豈可在廣告片中散播野蠻的「自然掠奪」觀？

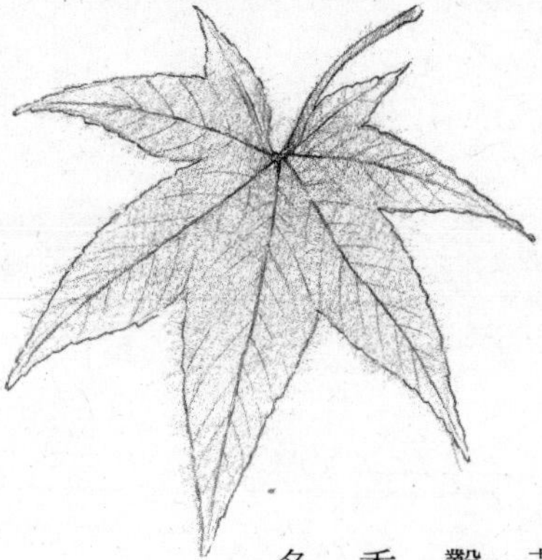

青楓

不敢開窗

自從台灣所謂的經濟起飛之後，有不少民眾，拚全力投身賺錢，終於擁有購置華美房舍的能力，加上財團建商的炒作，各形各式的豪宅到處林立。義大利大理石樑柱、櫸木樓梯扶手、花崗岩地板、七彩鑲嵌玻璃等等昂貴建材，水晶吊燈、進口藝術家具、精緻小擺設，把宅內裝飾得美輪美奐。

財力雄厚的豪門主人，坐在千年老樹刨製的光亮桌椅前，品茗高山茗茶，欣賞玉石屏風。高山茗茶是過度榨取地利所生產；珍貴的玉石屏風是鑿挖原始礦脈所雕成；爲了淨化室內空氣，除了裝置空氣濾清、除臭、芳香機之外，還將植物囚禁在雕花泥盆中，逼它在沒有雨露的室內，釋放芬多精。更雇用怪手把山林中的奇石巨巖挖下來，運載回家，擺在大廳堂

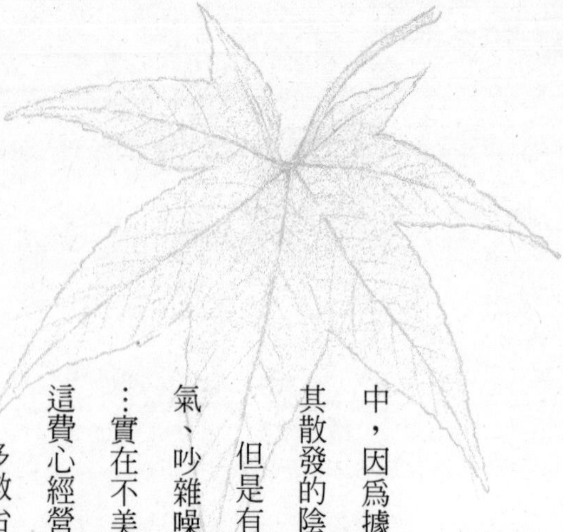

中，因爲據說石頭具有山川林野的靈秀之氣，不但可以增添豪門的氣派，其散發的陰陽磁場，更能增進居住者身心的健康。

但是有這樣舒適的居住環境，卻萬萬不敢開窗。一開窗，煙塵、廢氣、吵雜噪音一湧而入；雜亂的招牌、隨處堆積的廢棄物、凌亂的市容……實在不美麗。想想，還不如看看牆上張掛的風景名畫就好了，免得壞了這費心經營的幽雅氣氛。

多數台灣人，殫精竭慮追求財富，不外乎想替自己營造更優渥、舒適的生活方式。但是商家有騎樓就佔、有閒置的公地就挪來私用、僅剩的野地有樹就砍、有空隙就建「販厝」，讓原本就窒礙的空間，塞滿粗糙的水泥硬體。在汲汲於個人財富的斂聚活動中，同時也一點一滴的破壞了生活素質。

在睡醒的清晨，想像你輕輕拉開窗簾，推開窗戶，金色的晨曦，穿透屋外綠色的枝枒，射進屋內；晨風清涼，撲面相迎；原野青綠，自你視線迤邐開展……這樣的景況，是我們在影片中，或文學書中常見的美好情境，卻絕對不是眞實生活中，可能親身感受的。

許多先進福利國家的人民，對於個人的「人世財」，都具有生不帶來，死不帶去的達觀想法，因此他們更懂得關心整體公共環境的品質。但「識見狹隘」的情形在台灣，卻是從主管台灣發展政策的官員到一般百姓，沒什麼兩樣。長年來，所有未加規劃的「開發」「建設」，使整個居住環境，像堆堆疊疊的大違建。台灣人很有錢，但是卻沒有享受幽美居家環境的機會。人人只能生活在一個不敢打開窗戶，不能迎向綠野的豪華「牢籠」裡，這種富裕值得嗎？

珍惜住區裡每一棵樹，絕對比在家宅內養植百萬名貴盆栽，更「值錢」。

留住一片山林，絕對比用空氣清新機，封鎖自己的呼吸空間，更「清淨」。

讓奇岩異石靜靜躺在山巔海角，穩固我們賴以生存的大地，絕對比私人佔有，更「牢靠」。

我們何不開展視野，放大關心的焦點，在追求整體大環境的規劃、改造、經營和維護的工作上共同出力；讓我們一打開窗扉，就可以迎向開闊的生活。

讓財富從個人的宅第，延伸到屋外廣闊的世界！因為這才算是真正的「富有」吧。

台灣肖楠

請你遠離山林

人們生活的步調，被嵌在經濟發展的輸送帶上，長年刻板疲累的運轉。暫時遠離都城的擁擠，吸幾口清新的空氣，享受一宿清靜，安慰一下我們被長期禁錮的可憐身軀，絕對是合理的要求。

因此生活富足的「文明」人，旅遊、度假、尋找野趣、回歸山林的行動，成爲一項新興的追求。只要有任何一個美麗的景點，經媒體廣爲報導，人群必然蜂擁而至。

隨之而來的混亂、污染、粗暴的破壞或拙劣的建設，便把原本純淨的林野，切割得傷痕累累。

難得山上飄雪，大夥兒說要上山「賞」雪，還不如說是「玩」雪吧。遊客帶著圓鍬、肥料袋把山頭的積雪挖到平坦地，堆置玩耍，還好笑的想提一袋雪回家。白雪覆蓋山頭，原是何等廣闊肅穆，令人心生敬畏的景觀，遊客非把它「玩」成一片狼藉狀，才算盡興。

年輕男女在溫泉源頭，利用地熱煮蛋，把吃不了的鳥蛋、雞蛋，相互丟擲玩鬧，在億萬年天地化育的奇妙景點，留下斑斑碎屑，才算享受歡樂。

奧萬大的楓樹，在大自然雨露的滋潤下，終於展露了一片艷紅，遊客在讚嘆其絕色天姿之餘，總要隨手攀折一把枝葉，帶回家中，充當客廳擺設，才算回味無窮。

中國宋代詞人辛棄疾的名句：

「我見青山多嫵媚，料青山見我應如是。」

數百年前的古人，就能以跳脫唯我獨尊的立場來看待大自然，懂得去尊重青山「本身」的感受。

唐代李白也有〈敬亭獨坐〉一詩：「相看兩不厭，唯有敬亭山。」

好一句「相看兩不厭」，使山水人情化，人亦化做山水。

而今天的山林遊客，蜂擁攻佔山林時，忘了千萬年來一直靜靜立在那兒的山川林野，才是眞正的主角。

沒多少年之前，台灣的環境，還是一片自然淳樸，那個年代的人們無法想像，人居然必須苦苦忍受壅塞的車潮、迢迢趕路，去奔赴一條小溪，或一片林野，因爲當年他們生活的周遭，放眼不都是賞心悅目嗎？

但是資本社會的經濟結構，把我們對物慾的要求，開發到不能回頭的境地。一方面縱情逸樂是放不下的需求，一方面又按捺不住回歸山林的原始本能；既放縱野蠻的經濟開發行動，又企圖逃離繁華市囂，尋找清淨之地。天下有這種兩面都要通吃的好事嗎？

如果你聽不懂鳥鳴婉轉、流水淙淙，或風吹樹葉的沙沙細語，放任

「KTV」和喧嚷侵略山林的耳朵——請你遠離山林。

如果你看不見陽光照耀下，山崙的窈窕、石頭的稜紋、樹葉的光彩，放任霓虹、燈飾、牌樓和時髦裝扮，蒙蔽山林的眼睛——請你遠離山林。

如果你分辨不出泥土、鮮花、青草的香甘甜美，盡在嗅聞那些出售山產海味的餐館，任油污氾濫，混濁了山林的氣息——請你遠離山林。

如果你看不出飄落地面的枯葉，其葉脈紋路何等精緻，在對稱平衡的規律中，蘊藏無窮的變化，是大自然最美麗的精雕藝品，卻流連在出售藝品店的櫥窗前，埋頭尋索，高聲喊價，聽任攤販四處林立——請你遠離山林。

如果你不懂得尊重蟲、鳥、蟻、獸、萬物的生息倫理，不能堅持維護山林的靜穆聖潔，縱容開發、濫建、大舉侵犯山林——

請你遠離山林。

野桐

窮人哲學

不論我們以何等急切的步伐，追逐經濟利潤的開發，人類內心深處對「美麗原鄉」的熱切渴望，是生物與生俱來的本能，是不可抗拒的潛在趨性；幾乎每一個人都自認爲「我愛大自然」。

有很多人雖然擠在擾攘的都城中拚命工作，心中卻期待賺更多金錢，在郊區買一片土地，自己營造一個親近自然的理想生活空間。

年輕時，和男友同遊陽明山，看見山腰間一幢又一幢的高級豪宅，朱門掩映在群山綠樹的環繞中，好令人羨慕。

和多數對生活懷抱夢想的年輕人一般，結婚時我們也想憑著共同的努力，在寬闊的林野間，買一片土地，建設獨院住宅，遠離擾攘的城市。

但是自從人類以金錢價碼的高低，作爲土地價值的評量標準之後，只有財力雄厚的人，才有辦法佔有大片私人土地和寬闊的林野。這些有辦法的人，拿土地變更利用的技倆，炒作出等比級數膨脹的個人財富，然後繼續侵吞土地，霸佔山林。他們除了具備精明、幹練、加上時運、際遇等條件外，往往還須有厚顏、詭詐、投機、冷血等人格特質，才能玩財富如翻雲覆雨般；這豈是憨愚如我們所能達成的境地。

因此當我陷入嚴苛的現實生活戰場之後，終於明白在這種嚴密組織化、格式化的經濟結構下，我和一般人一樣憑「正當」的勞力和「正當」的心智，想要爲自己的人生預約一格，仿如牢籠般窩居的住所，就得用一輩子不敢隨興放任、朝九晚五（更正確的說法，應是朝八晚六）的公式化生活去償還。我再也不敢對寬敞的自家莊園存有奢望。我們只能利用週末的下午，離開狹窄的窩居，和丈夫到居家附近的一片林野漫步，滿足親近田野的渴望。

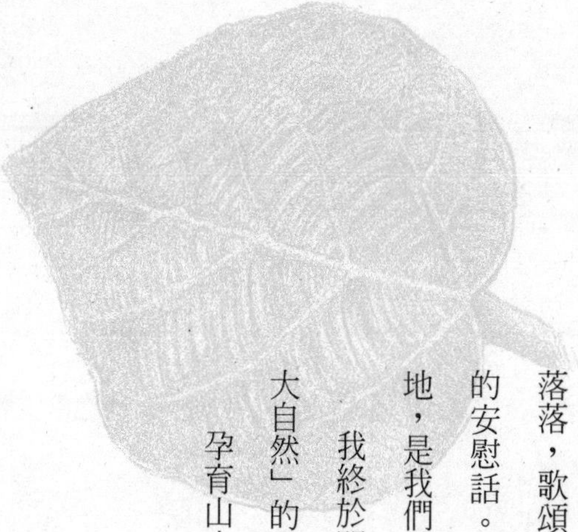

這一片綠意盎然的山丘保留地，正被不斷被開發，水泥建築、攤販、垃圾像攻城掠地的侵略者，使林地的範圍逐漸縮減，但生命力旺盛的林地，依然留存原始的野趣，與鄰近市鎮的煩擾辛苦抗衡。

在林蔭中漫步時，丈夫忽然對我說：雖然我們未能如年輕時的願，購置一片自家莊園，但看看這一片美麗的山野，不都是我們的財富嗎？這時微風正撥弄樹梢的枝條，落葉在腳下沙沙作響，蟬聲、鳥聲起起落落，歌頌林野的幽靜。聽著丈夫的話語，我了解他對我說的不是酸葡萄的安慰話。這種貼近心靈的美好感覺，讓我們體會這偌大的一片自然野地，是我們眞正的財富。

我終於明白，如果人人都想先佔據一大片山野，用來滿足自己「愛好大自然」的虛榮心理，而不希望別人共享，這豈不是既矛盾又自私嗎？

孕育山水林木，蟲鳥生命的土地，其實是所有生民共有的財富。人類若能在心中建立共享的觀念，就能跳脫個人獨佔的慾望，以超越地價的考量，看待生命的情懷，去看待每一寸土地。

如果能把一輩子爲了擴佔私產所付出的勞力，轉變成維護公共自然財富的關懷，把生活從相互傾軋剝奪的經濟體制中釋放出來，讓身心得到眞正的寫意，相信每一個人才能實質享受到美好的生活品質。

草海桐

婆娑無邊的太平洋

整個冬季，東北季風一直不肯休歇，呼呼掀動台灣島南端的東海岸。斷崖頂端是一片廣闊的斜坡，除了林投樹散聚的群落，仍然以扭曲的蔓莖頂出地面，堅持和強風抗衡，強韌不肯折服。其餘像濱水菜、馬鞍藤等等附生植物，只好匍匐低頭，艱苦地抓牢紅土斜坡，使廣闊的斷崖面，覆上一層綠氈。

此刻我頂著風，坐在「龍磐公園」斷崖的斜坡上。數億年前地層大崩裂，留下的宏偉景觀自在坦露在我的眼前。極目望去是無邊無際的太平洋，源自赤道的溫暖黑潮經太平洋沿岸北流，以墨藍色和淡藍色爲分界，爲海洋畫出一道美麗的弧線。

在東北季風放肆的掀動下，太平洋面想必是波濤洶湧，趕黑潮帶來的魚汛，出海網捕烏魚的船隻，也許正在冰寒的海面，與波濤搏鬥拚生活。

而我踞高處向下望，長距離使得眼中的海洋顯得波平浪靜，像靜靜歇著的女郎，只有輕輕拍打岸邊的白浪，是她的蕾絲裙襬，溫柔撫觸沿岸的珊瑚礁。

我們終年都住在壅塞雜亂的都城，生活中觸目所及都是窒礙，對大自然的美麗，往往只憑著大量資訊的描寫，去做無限的想像，卻很少眞切觸及。今天何等有緣，趁著帶領學生參觀畢業旅遊之便，讓我的眼睛、耳朵，周身細胞如此放任，覽盡一片天寬地闊。

一首過去經常吟唱的歌謠，在這一刻忽然清晰起來，這是已故女詩人陳秀喜的詩——美麗島，由英年早逝的李雙澤譜成曲：

我們搖藍的美麗島，是母親溫暖的懷抱……

婆娑無邊的太平洋，環繞著我們的土地……

經常吟唱的詩歌，幾句普通常用的字句，在某種心靈觸動的狀況下，字句竟然鮮活了起來。「婆娑無邊」不再只是一個修飾詞，而是眞實的感覺，鏤刻在我整個胸臆，使我飽滿飛漲。

性喜旅遊的明末學人張潮，在《幽夢影》書中，有一句話：「文章是案頭山水，山水是地上文章。」

我很佩服文人能夠使用華文美詞，寫出絕妙佳句，謳歌自然，但我是一個欠缺想像力的平凡人，若缺少了身臨其境的經驗，只有在讀書時在字面上，憑空揣想作者的感覺，總難徹底心領神會。尤其對於使用多量意象，塡加無數修飾詞，堆疊營造出來的美麗幻境，更是無緣意會。總覺得人爲的文學及其他文化藝術，只有與眞實景象、實際生活有互動時，才能眞正撼動我的心靈。

文化人不斷在語言、文字、圖象、聲音、光影的領域中追求藝術美學，新的資訊以奇巧多變，繁複斷裂的面貌反覆被開發出來，但是提供我們靈感的眞實生活環境，和心靈情境，卻逐日變得更粗陋。

粗鄙的生活品質，點點滴滴磨蝕我們的感官能力，因爲長期承受過量文字、圖象、聲光等人工美學的刺激振盪，人性中最精細敏銳的感性，已變得麻木駑鈍了。

我多麼希望，生活可以遠離各種人爲資訊，就像此刻，面對婆娑無邊的太平洋時，只要輕輕開啓，我作爲生物最原始的感官能力，就夠了。

【卷五】

尊重生命

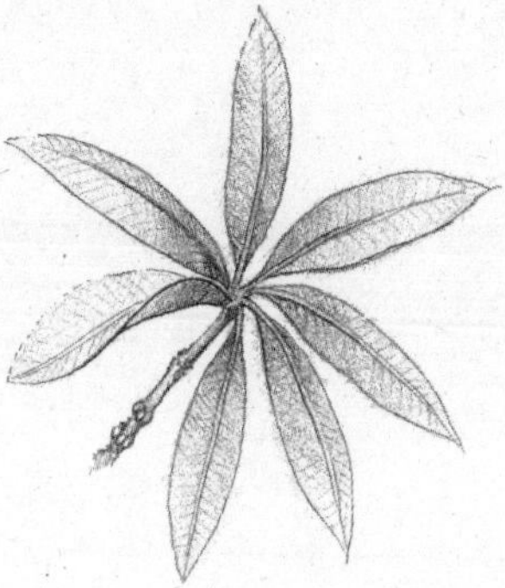

黑板樹

尊重生命

自從學校畢業後，我一直任教國民中學，擔任生物科教師。在生物學知識的傳授之外，經常自我詢問：如何引導學生思考人與環境的密切關係？如何培養學生體會生命關懷呢？

某次我參加全縣國中生物科教學研討會，自由討論時，有一位任教於沿海國中的教師，站起來發言說：「生物科教學一定要多走出室外，以大自然爲教材，才能生動活潑。」

他接著舉例說：「我經常帶領學生到海邊捉螃蟹、小海龜等等小動物，學生都興趣濃厚，捉得不亦樂乎。」很多與會者都頷首表示同感。上級指導員、指導教授也大加贊同，並繼續申論一番。

而我大爲驚愕，料想不到，多數生物教師、專家，竟然還停留在視

「耍玩生物」爲親近自然的粗蠻觀念，因此當場我提出了質疑。

像這種自認爲生動有趣的室外教學活動，不只是教師津津樂道，各種旅遊休閒活動也大肆推廣，經常在報紙上，配合專家的解說，圖文並茂的報導一番。

所謂親近自然的野外活動，就是在行前準備柴刀，砍下珍稀林木的枝條，當做柱杖；看見藥材、野菜、原生蘭花，就挖掘回家；準備各式各樣捕虫網、鳥籠、釣具捕捉昆蟲、魚蝦；訪尋山產野味店，吃個痛快；或者撿拾奇岩異石回家做案頭山水。似乎所謂郊遊度假，若少了把野外財富據爲已私的採集、捕捉、撿拾、收藏行爲，就覺得趣味不足、不夠盡興。

事實上，我們在很多回憶童年的文章或影片中，經常看到小孩子爬上樹拿鳥蛋、捉小鳥、捕捉昆蟲等等情景，大都被描述成多麼值得回味的童年趣事。

數十年前，台灣河川尚未遭受農藥、化學工業等汙染，山林也尚未因過度開發而肆意砍伐，山中魚蝦、山野鳥獸，好像捉之不盡，鄉間長大的孩童，確實都有過這類捉魚捕鳥的經驗。到了今天，許多小孩捕魚捉蟲，不再是爲了三餐飲食，而是把小動物、小昆蟲當作「玩物」任意玩弄，這種惡劣行爲卻很少受到大人的糾正。習慣成自然，整個台灣社會，普遍留存：凡是野生者，任何人都可以任意攫取的蠻橫觀念。尊敬生命、愛惜生命，欣賞生命的教育，未曾在台灣人的心中生根，導致生態浩劫日趨嚴重。

遠在農業時代，魚、蝦等小動物資源豐富，野生動物只是生態系食物鍊的一個環節。爲求果腹，捕魚獵獸是人類生存作息的手段。在《天方夜譚》中阿拉有誡律：「漁人一天下網，不可超過三次。」《論語・述而篇》說：「子釣而不綱，弋不射宿。」記載孔子取物有節的仁者之心。印地安人的狩獵活動，一定避開禽獸交配、生育的季節。

從古老典籍的記載中，看見我們老祖先敬天畏天訂下的規範，在在告誡我們：尊重生物的生息倫理。

自然，其實只是我們平凡生活的一部分，而今天想要親近自然已經成爲一種奢侈，文明人必須忍受壅塞的車潮，配置一大堆野營工具（這些野營工具正在不斷被開發創新）才能賞玩。來到野地，無法懷抱對自然愧疚的反省，用欣賞共存的心靈去體會，卻以爲費了這麼大的勁，難得來到這裡，非大肆佔有，撈個夠本不可。

老祖先在艱苦的求生過程中，爲求肚腹的溫飽，都得懷抱戒愼戒慮的心情尊重自然生命；而現代人衣食溫飽，甚至肥脹奢華之餘，只爲了滿足「耍玩」的慾求，竟可對野生動物放肆玩弄，豈不罪孽。

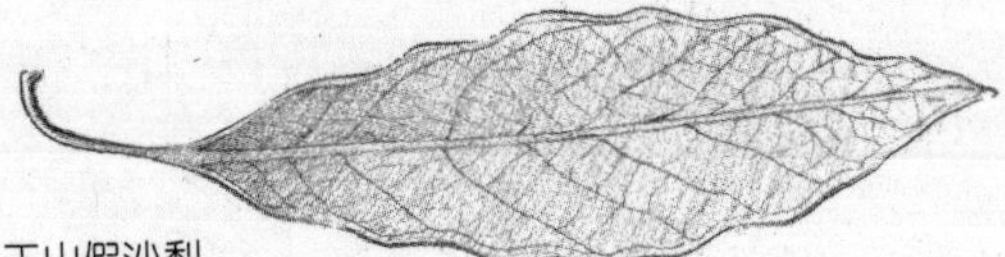

玉山假沙梨

失聲蟬

夏天，薰風把枝頭鮮綠的新葉，細細翻讀了一遍。冬天，凜冽的寒風又把萎黃的枯葉搖落，片片落在濕軟的泥地上，堆疊成厚厚的壤土。

我是一隻台灣種蟬，生在黝黑的地洞裡，自從由卵孵化後，就一直蟄伏在溫暖的泥土下。厚厚的壤土隔絕了外界的炙熱或霜寒，也隔絕了晴空或驟雨。

一隻屬半翅目的台灣土生蟬，儘管生命在蜷曲的體內膨脹，我仍然默默地等待，在溫暖的泥土底下，度過無聲的兩、三個年頭。其實在美洲有我的同類被命名爲「十七年」角蟬，它比我更有耐性，甚至在土層中安安靜靜自我孕育了十七年。

今年初夏，我飽滿的生命與渴欲的熱情，再也按耐不住，終於悄悄爬出泥洞，選擇這片相思林，做爲羽化之後的棲地。褐黑色的身軀，穿一襲透明的薄翼，隱入樹梢綠蔭深處。

而褪下的「蟬蛻」，透明中猶帶褐黃，具有琥珀一般的光澤，雖然已經是沒有生命的空殼，仍然與我的形體惟妙惟肖，三對步足還牢牢攀著矮灌木的枝枒，像林野間散落的精雕藝品。

已經脫身的我，開始禮讚生命的謳歌，也開始了追求愛情狂歡的生涯。我期待交配，繁衍的愛慾，像漲滿的風帆，嘹喨吟唱，向另一個枝頭呼喚。

有一個人類的父親，手牽著一個小孩，歡愉行過林蔭道路。孩子仰著頭喊叫：「我要，我要那隻蟬。」寵愛子女的父親，想滿足孩童的興奮，就踮起腳尖探向樹叢，伸出他長長的手，揪住了我的身軀。儘管我奮力用步足上的勾刺，想牢牢倚靠棲身的樹皮，但強大的抓力把我制伏，交給了那正爲有得玩弄而雀躍的孩子。

高興玩弄一隻蟬的小孩，專注的面孔靦得這麼近，連鼻息都呼在我的背上。他用拇指和食指頻頻壓擠我的鳴囊，叫我歌唱。而我一輩子期待的高亢歌詠，頓時變成啞……啞……求饒的哀吟。

林野的生命，能吃的拿來吃、能用的拿來用、能炒高價錢的拿來炒作；不能吃不能用無法炒作的，也要拿來戲耍。他們人類的父親沒有教導孩子用細膩的心靈，學習聽懂風中的蟬唱，卻爲了滿足孩子的「玩弄慾」，把林野生命當作個人財富取用。

天眞的孩子，沒有學會霸佔獨享以外與自然相容的情愫；也難怪人類佔有水、佔有土、佔有空氣之餘，連蟬聲都要獨佔。

儘管林間蟬唱依然，但隨著綠地的縮小，原本地球上最平凡、最適應的蟬種、蟬數也在逐日銳減。枝頭上我的同伴，已經不敢再像以往那樣嘹

亮得恣情恣意了；只要稍有人聲靠近，總會驚慌得把長音停歇，留下嗚嗚
斷裂的尾聲。

木棉樹

寵物

我在農家出生長大，小時候赤腳在野地玩耍，野地的小生物全是我童年的玩伴。居家埕前，隨時都有成群的麻雀，我們稱之「厝角鳥仔」，吱吱喳喳，飛上飛下，白天忙碌覓食求生，到了黃昏就在埕前的竹叢歇息，與人類一同作息。

但是在生物演化的進程中，人類(Human)這種物種，有別於其他生物的特點，恐怕是狂傲的佔有慾了。儘管埕前雀鳥眾多，隨時可以共嬉戲，小孩子還是克制不住獨佔的私心。

因此孩子們設計了陷阱，在籠內放入穀米，引誘沒有戒心的雀鳥進籠覓食，然後捕捉起來。大夥兒興奮的叫著「捉到了，捉到了。」而原本在埕前終日自由跳躍的雀鳥，一旦失去生活空間，再豐厚的食餌，也養不活，終於委頓死亡。這打擊讓我很傷心，從此我沒有再養過任何屬於個人的寵物。

人際的疏離感，使得養寵物的風氣越來越盛行，為了滿足小孩子對小動物的熱情，許多家庭的父母，願意花錢買小動物作為子女的寵物，來寵愛子女。我成為母親後，卻不同意子女飼養任何寵物，無論是買來的貓、狗，或者野生螃蟹、金龜子等。孩子們漸漸都能了解我視自然萬物都是寵物的觀念，寧願把情愛關注在整個生態系的大環境。

前陣子，縣政府函寄一份公文到學校來，內容鼓勵中小學教師，引導學生認養螢火蟲。文中說明，「除了免費提供螢火蟲的幼蟲外，並指導養殖技術。歡迎教師索取蟲種和資料。」

自然界的螢火蟲幼蟲吃食蝸牛，為農作物除害，維持著農村生態系的平衡，因此農家長輩常告誡孩子：「捉火金姑，半夜會尿床」，以這種說法來約束好玩弄動物的小孩。

而不論是藏在腐枝落葉間的火金姑幼蟲，或者翩翩流盪、曾經以多重暗示意義的發光頻率，妝點過台灣鄉野晚間浪漫氣息的螢火蟲，和白天在埕前吃蟲的雀鳥都一樣，本是農家平凡作息的一環，根本不必特別驕寵看待。只是因爲環境的變動，使螢火蟲的數量銳減，瀕臨絕跡，使其成爲必須刻意認養的寵物。

用大量金錢、人力培育出來的珍稀動物，成爲人類要玩的寵物，逐漸回不了自然生態系，演化成一種非自然性的新依賴關係，必須耗費更多人工資源去維護才能生存。以台灣對珍稀動物的復育工作爲例，數十年來儘管政府投注大量經費，復育的梅花鹿始終無法成功的返回自然生態系。大甲溪七家灣放流的梨山鮭魚，據查僅存的隻數，染色體上都含有相類似的DNA，溪底游著的，都是近親交配的產物，是物種演化環上的弱勢者；

看來這種族的命運，還是難以適應天擇。

所謂愛護動物，就是盡量不去侵擾生物的生存環境，讓他們在自然律下，接受物競天擇的演化。政府如果重視生態保育，應該積極致力於自然環境的保護，而不是在粗蠻的開發政策之餘，僅靠人工大量繁殖、野放，鼓勵人像「養寵物」一樣當做環保裝飾，恐怕只是徒勞。

台灣曾經是獨特物種的豐富寶庫，而今天，隨時都有生物種類在滅絕。面對不斷消失的物種，人類憑什麼理由，可以自以爲是的認定，哪些物種必須特別保護，哪些就可棄之不管。

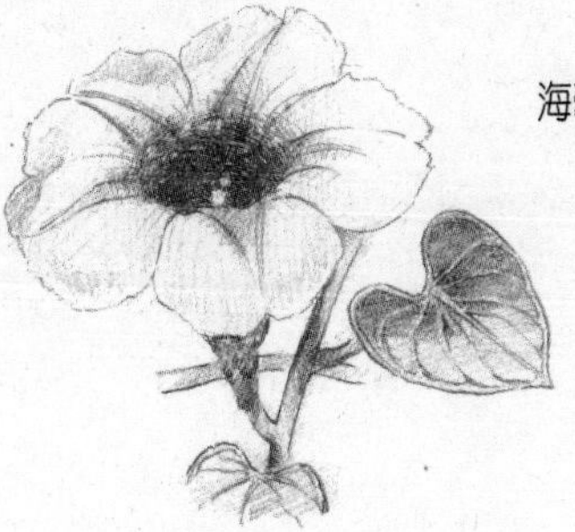

海牽牛

「孵」一個夢

環境的演進、變遷、消長，是一直在行進當中、停不下來的一條長路。

從四十五億多年前地球誕生，以至數十萬年前，人類依賴地球資源開始繁衍，地球的環境在自然律動之下，從沒有停下它演化的腳步。有些陸地新生或者沈淪、有些生命出現或者滅絕，儘管同爲眾多生靈之一的人類，比其他生物更懂得對未知的驚恐，而進行各種防範措施，卻無法使環境更迭的速度停下來。

如果告訴你，大地沈淪日就在明天，你會如何驚恐絕望？如果就在明年，你會如何祈求救贖之道？如果是十年後呢？你也許會思索防範補救的方法，但如果是一百年後呢？恐怕就留待別人去擔心吧！

海水水位上升，海岸線不斷下沈的事實，並沒有因爲時間久遠而停止，而且正在迅速的進行當中。根據科學家報告，美國的紐奧良在不到一百年後，就會完全落在海平面以下，多數大西洋沿岸的海岸線陸地，每年被大自然消蝕掉二十五平方公里，侵蝕較嚴重的區域，例如墨西哥灣的海岸線，每年往內陸倒退六呎之遠。

這樣的資訊聽來雖然恐慌，畢竟離我們的生存地彷彿遙遠。但看看我們的台灣吧。西海岸分分秒秒都在下陷當中，這樣的事實已經不是「新聞」了；嘉義東石鄉的居民，一年中有大半時間浸泡在海水中；甚至更接近我居家地彰化的海濱台西、大城等等濱海城鎮，也飽受海水倒灌之苦。

我經常和丈夫在彰化縣境內的濱海地區流連，南至大城鄉的濁水溪出海口，北至伸港鄉的大肚溪口，都有我們踏查的足跡。我們原以爲奔向海岸，是爲了遠離都會的雜亂，尋覓海洋的美麗，誰知行程當中心情經常浮

現的傷痛，遠比對海洋的歌詠更深。

一路走過綿延的彰濱海岸線，北彰濱盡是被混凝土蠻橫封閉起來，卻因未充分利用而棄置崩毀的工業區，南彰濱則是開挖得漫無規劃的文蛤養殖場。二林溪、後港溪、漢寶溪以及舊濁水四條溪流，徒具「溪流」的美名，其實因爲大地的缺水漠化，除非雨季的沖刷，平常就像接納彰化平原「回歸水」的排水溝。污穢放肆堆積在整個海岸線上，到處滿目瘡痍。

整個漢寶、新寶園區的海埔新生地，因爲地層下陷，鹽分過高已經喪失耕種、養殖的天然條件了。當地大多數地主只好放棄耕種、養殖的傳統事業，另謀生計，土地價格因此一落千丈。

來自外地「有辦法」的人，廉價購得這裡的廢耕農地，開始開挖土地販賣廢土，形成十多公尺深的大坑，等賺夠了賣廢土的錢後，就轉營私人垃圾場，按車計價接受垃圾回填，等垃圾滿坑之後，財富已經得手，土地

廢棄也就不足惜了；一片又一片的濱海園地就此繼續淪落。

彰化彰南動物醫院執業的林世賢醫生，長久以來關懷「鳥」事，是個賞鳥專家。他以自費向漢寶園海埔新生地的農民，承租了一方廢耕的農地，邀集一群關懷生態的朋友組成「漢寶家族」，在承租地上沿田埂種植小灌木圍籬，農地內放水種植水筆仔，想營造一個可以供過境候鳥，或當地留鳥休息、產卵、生長的棲地。如果土地的生機復甦，飛翔的鳥族會最先知曉，遠洋飛來的嘉賓會在這兒形成一個熱鬧的鳥族園區。

漢寶家族以「賞鳥」做為號召，其實「賞鳥」只是提升大眾對土地關懷的一個「引子」，真正的目標是進行植栽，維護多樣生物的生存空間，讓過分榨取的土地休息，讓大自然的力量把生病的土地治癒，還原濕地的原始風貌。

挽救西濱海岸線濕地的工程，和挽救整個台灣自然生態一樣，不只需要人類對自然倫理思維的重建，也得有科學技術的輔佐、經濟力的配合、更需要政治政策的支持。這重重複雜的現實角力，使還原彰濱海岸生態的夢想，像一個不可能的奇蹟。

一個只能擁有短短數十年「在世生活」的人類，對千古以來一直在變動的周遭環境付出關懷，以期力挽狂瀾，究竟可以賺回多少時間？修補多少崩毀？

林醫師和一些朋友自立組成的漢寶家族，自費營造的小小生態園區，有拋磚引玉的用意，希望藉此引起當地地主對土地價值的重新思考，希望農政單位和政府機關能施展公權力，關注整個漢寶、新寶園區的土地規劃利用。

如果已經廢耕的漢寶、新寶的廣闊濕地，不再繼續開挖、毀壞，進而建構成自然生態園區，既招待遠來的候鳥嘉賓，又爲濱海的物種留一片存活空間，是一個多麼美麗的願景啊！這樣的夢想有機會實現嗎？或者漢寶、新寶濕地也會和彰濱海岸線的其他地方一樣，繼續淪陷？

「景觀師」觀

烏桕

彰化縣鹿港鎮的文開書院，包括文廟、武廟，和書院，是紅牆綠樹圍繞的三級古蹟，建於清朝道光四年。鹿港鎮雖然也像台灣大部分城鎮的開發一般，逐漸成爲混雜的商圈；但因爲有這些古蹟的存留，至少讓人還感覺一點驕傲的特色。

最近鎮公所編列預算整修古蹟，竟然把文開書院內、外及周遭所有老樹，大肆修剪一番。沿書院外牆成列的老樟木，幾乎變成了光禿禿的「電線桿」。

民間團體非常痛心，就在書院廣場，舉辦了一場「大樹祭」活動。藉獻詩、音樂及嚴肅的祭典向樹靈致歉；並意圖喚醒行政單位，尊重公共人文環境的自然觀。

環保團體柔性的活動，經媒體披露後，卻被鎮公所斥爲無知。執行單位宣稱：「砍樹剪枝絕對是站在專業立場，是經景觀設計師評定執行的，不容外行人置喙。」

近年來環境空間品質逐漸受到人們重視，無論是公共遊憩區、社區公園，或大樓造景、居家庭園都要經過一番美化設計；因此景觀師成爲一種新興專業人才。大凡被尊爲「師」者，想當然都有一定的專業素養，但是看到鹿港文開書院的整修事例，我實在對景觀師的美學修養持懷疑態度。

通常景觀師最擅長製作水泥假山、石階步道、噴泉、花石、人工草皮等田園造景，或者讓園藝家像理髮師傅一樣，爲樹木裁剪成動物、蕈傘、矮牆等各種新造型。往往花費大筆經費，強力介入的造景建設，不只粗劣不堪，而且很少顧及整體區域與原先的人文條件和自然條件。

像員林火車站的站前廣場，在彰化縣政府的規劃下，把整個空間設置成大型噴泉區，周圍擺設許多竹筒花器，種植一些必得經常更新的脆弱草花，廣場邊只留下無法迴轉的狹隘單行車道，對該地區密集車流和停車的窘境，卻絲毫不做考量。

員林火車站前新廣場完工，在縣長主持啓用典禮之後，所有竹筒花器和其中的草花，滿地打滾，最後被掃進垃圾場，比起未整建前更加混亂。許多公共建設往往在風風光光的啓用慶典之後，就開始頹敗破落了。

公共建設的急速破落，民眾大多漠不關心；主政單位更不會覺得慚愧，因爲這次「建設」的快速敗壞，正好成爲下次更大規模「重新建設」的堂皇理由。執政者不斷花費預算，景觀師不停配合求變耍弄，就像消耗速食一樣，可憐我們珍貴的公共空間啊！就這樣被消費殆盡。

像文開書院的整修，多年前草率更改古蹟建築結構，現在又將老樹殘暴截枝斷臂，種種粗率破壞，都稱之爲「美化環境」。而違法搭建在院牆周遭的攤販帳棚下面，垃圾、廢棄物囤積、水泥封道包埋樹頭，讓老樹生活得既艱苦又憔悴；種種令人心生不忍的敗壞，景觀專家似乎都視若無睹，認爲與其專業無關。

就一般公共空間的綠化植栽一事，毫無自然觀點的景觀設計行業，實難令人苟同。通常爲了排除「建設」障礙，首先必須使土地淨空。許多當地原生植物，是歷經長年、多重的自然環境條件，才生長成型，因此種類多樣混合，卻被設計師視爲沒有價值的「雜木」而全部剷除，然後透過包商搬運從各地，甚至山林中開挖的老樹、巨石到造景區強加植栽，連大自然的物種都成爲商家炒作的對象。一次人工造景，造成兩地傷害。

多少鹿港人曾經在書院老樹的涼蔭下成長，老樹已經是當地居民的老鄰居，與鄰居交往應該要相守相護，豈能以利斧粗暴相待？景觀師更沒有資格巧扮上帝的作手，任意大肆更動自然原貌。

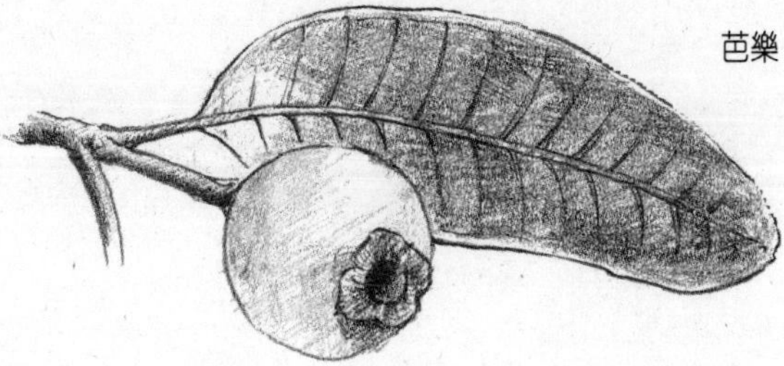

芭樂

受禮情傷

我解開粉紅色的絲帶彩結，拆掉燙金包裝紙，紅心的塑膠盒內，珍藏一顆甜甜的巧克力。爲了傳達情意，你費心張羅，採購這精美的禮品，卻只換來我沉沉的惋嘆。

每逢年節，禮來禮往，雖說是情意交流，但是拆解包裝的同時，每一分增加地球負荷的垃圾，都深深刺痛我的心。

從事教職數十年，每年教師節從議員、民代、縣長等有頭臉的人物收到的敬師禮物眞多。碗盤、鍋子、煙灰缸、手電筒、對筆、手提包、茶具組等等；非生活必須的物件，留之無用，棄之可惜。只好在原本就狹窄的房間，再擺上一個大櫃，用來裝置這些與垃圾無異的禮品。

收到禮物時，我曾與同事笑談說：「官爺們若好意表達敬師，何不致贈當季蔬菜瓜果，既實用，又替因為滯銷而煩惱的果農、菜農推廣市場。」

同事笑而答曰：「瓜果蔬菜怎能像這些ＰＶＣ製的禮品，印上敬贈者名字的鮮紅大字。」原來這年節贈禮，讓我認識了送禮者那份唯恐被輕忽的自大心理。

有一次，我收到的禮物是一盒佐茶小點，內有蘿蔔乾等等小食。每一塊切成半截拇指大的蘿蔔乾，包在封閉的塑膠袋內，平鋪在有凹槽的硬塑膠板上，膠板下誇張的墊上紙襯，讓禮品呈顯豐厚的模樣，再裝在印刷精美的厚紙盒中，盒面標明是日本產的珍饈。

手中的禮物，竟是來自日本國，裝在貨櫃船中，漂洋越海，幾經勞頓、轉折、搬運才來到我的手中。我拆掉足足可裝滿一垃圾桶的包裝之後，口裡咬著鹹鹹的蘿蔔乾，心靈設法突破重重製作、運輸的關卡，懷想蘿蔔的原貌。一株株會伸展毛茸茸綠葉，在地底下急速壯大的白胖蘿蔔，

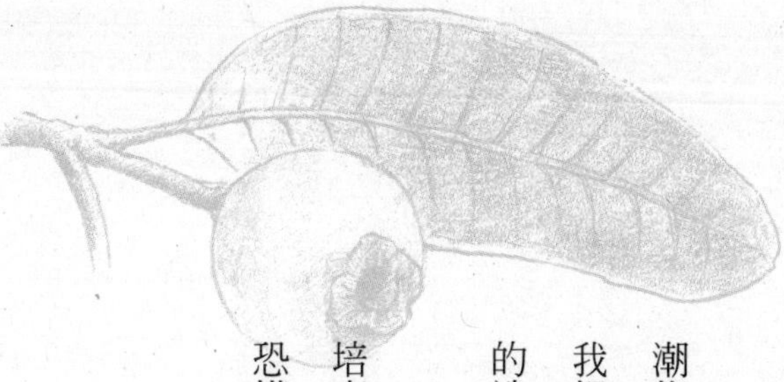

竟離我的生活如此遙遠。

我的母親在台灣的戰亂年代成長，幼年時我總是跟在母親的身後，在田間摘雞腸菜回家餵鴨子。養肥了鴨子，做爲慶年節的佳餚。親朋鄰居拿出各家種植的瓜果菜蔬，相互饋贈，傳達了彼此的情誼。豐厚的大地提供了我們飽足的生活要求。

我承襲了母親的身教，儘量簡化生活所需，基本生活必需品以外的新潮物資，對我吸引力不大，在簡單的生活中我們享受富足。「儉約」已是我根深柢固的本性了，我寧願被譏笑爲小氣落伍，也不想捲進這重重牽制的消費結構中。

當我看見有人獻上鮮花，我竟然憂傷起，須多少化肥、農藥的污染才培育了這捧瞬間即枯萎的美麗花朵；當我喝到據稱是高山茗品的茶時，就恐慌山坡地過度開發造成的後患；當我收受多餘日用器皿的饋贈時，就感覺永不分解的垃圾山又堆高了一層；收受香水、化粧品也就勾起我對資本經濟掠奪的反感……。

禮來禮往，更精緻的禮包，只換得更淡薄的人情。我簡直患了年節憂鬱症，把相互贈禮的習俗，看成一種負擔；而這難道只是不識趣的孤僻嗎？

鼠麴草

採莿殼仔

剛剛從城市嫁到鄉下夫家的第一個過年，首次看到我的婆婆忙著做一種名叫「莿殼粿」的年粿。掀開蒸籠的一刻，我看見露出一團團棕褐色、污黏黏的粿，實在有點訝異，誰願意吃這種「長相很醜」的食品？尤其當我「做人e媳婦」，年年必須親身參與做莿殼粿的繁瑣工作，更讓我「望粿興嘆」了。

我從小在繁華的都市成長，想吃各種新奇食物隨處買就有，既方便樣式又多，像這種製作工夫「浩大繁複」的手工食品，誰願意浪費掉難得的年假，去爲一堆「褐黏黏」的食物而忙碌呢？

初結婚時，我在學校、家庭、兒女、農務之間像個輪轉的石磨，片刻也停不下來。學校課程一結束，過年在即。鄉下農家裡裡外外必須打掃清

理的工作更多，放假比不放假更忙碌。婆婆堅持年節一定要做蘿蔔糕、年糕、莿殼粿……的傳統，我必須當助手，跟在勤勞而且支配欲很強悍的婆婆身邊工作，實在很累人卻又不敢不做。因此我最希望年節時，正好逢到學校輪値日，如此就可以名正言順的擺脫做粿的麻煩，躲到空蕩蕩的學校，讀一讀閒書，彌補因爲生活現實而失去的清閒寧靜。

做莿殼粿的過程，眞是一門繁複的功課，像我能親身全程參與的人，在我輩中恐怕不多了。

我所稱的「莿殼仔」是根據閩南語音翻成的名字。在植物學辭典上稱爲「鼠麴草」（學名*Gnaphalium affine*屬菊科）。過去在入冬的田野、農田、路旁、任何開闊的荒地上，都能找到鼠麴草。其莖葉覆著長長的白絨毛，一株株直挺挺頂著滿頭小黃花。另外還有一種相近的品種，稱爲「莿殼舅」（鼠麴舅），做粿時也可以權充莿殼仔使用。

不知道從何時開始，台灣的農家人，竟然愛上鼠麴草獨特的香氣，年節時用他來做「草粿」，整個農村散發出濃濃的年節香。農家女人爲了儲備過年時做粿的莿殼，入冬以來，每天下田工作結束回家之前，一定沿田埂採摘一些莿殼，帶回家儲備，到了收冬過年，就有足夠的莿殼可供使用了。

採摘回家的莿殼，必須放在大鍋裡用滾水煮爛，用「飯濾」（一種濾器）撈起來，放在臼內，用杵搗爛、擰乾水分，再鋪在屋簷下陰乾，才能存放到過年。

做粿時，全家總動員，糯米浸泡一晚後，磨成米漿，裝進布袋內，用繩索軋扁擔，再用石頭或其他重物壓在袋子上擠出水分，使米漿成爲較硬的「粿切」。

接著是「揉粿切」的大工程。大人、小孩，或蹲、或趴圍著竹箴簟，你來我往用力揉，有時蹲累了甚至雙膝跪在地下，讓兩手更好使力氣。柔Q的粿切，灑上適量的糖，再揉進預先加工過的鼠麴草，就成爲香甜的粿皮了。

有皮沒餡只能稱做糕，不是粿。所以製作出不同口味的精美內餡，也是影響草粿品質的重要關鍵。甜的、鹹的、紅豆沙、菜脯絲、鹹菜乾、花生粉、炒香的蝦米……，哪一種口味的餡，不是經過又煮、又杵、又炒才能完成，其中精密細節，非三言兩語可以說明。

至於包粿的葉片，可採麻竹葉、香蕉葉、或月桃花的葉子，刷洗、煮軟之後包裹，再用稻草梗綁紮完成，放入蒸籠微火慢蒸；蒸後各有不同的風味。

當我的孩子逐漸成長，年節時開始繞著阿媽在廚房轉。小小的手揉著雪白的粿切，全身搖晃，力道比阿媽更有勁，弄得一身白撲撲；或者坐在

大灶前面，一面往灶口塡柴薪，一面癡癡望著舞動的火舌，我才漸漸從孩子興奮的神態中，感受到年節的喜氣，也開始適應吃這種棕黑色的粿，甚至變得喜歡吃了。

我從事事都要求方便速成、生活講究效率的都城，嫁作農家婦之後，數十年來，也能體會那種「慢工出細活」的農家特質；不只適應了吃莿殼粿，也學會對不計時效、不計利潤考量，卻蘊含生命活力的農家文化，有眞誠的尊敬。我能從一個農家的邊緣人，轉變成爲深入農家主體文化的一員，這其間經歷了無數生活波折和心情掙扎的歷程。

學校的工友陳嫂，是一個熱誠體貼朋友的傳統農家婦人，做莿殼粿的手藝一流。她經常把耗費大功夫才完成的粿，拿給像我這種既貪吃又懶得動手的人品嚐。去年學校一放假，我主動央求陳嫂帶我一起下田採莿殼仔，希望親自感受那種來自田野的年節香氣。

我們走到田間一看，除了刻意撒種的油菜田，鋪成黃色的花毯之外，其他田野都已噴灑除草劑，爲下一季春耕預做準備。所有的「閒田」都呈現一片焦黃，再也看不到那種野花野草恣情氾濫的豐盈景象了。

陳嫂一直嘆道：「是來得太遲，還是莿殼仔越來越少了？」

陳嫂說：「以前這個時候，田裡一片『披、披、披』，採摘時根本不必抬起臀部，只要蹲著挪動雙腳，就可一路摘過去；現在到處走動，還是找不到。」沿著田埂繞來繞去，尋不著鼠麴草的蹤影，我尾隨著陳嫂攀過堤防，下到濁水溪的溪底。

現在濁水溪正値涸水期，遠處只剩一灣細細淺淺的溪流，在卵石之間流動，若隱若現。部分溪埔地已經被開發成種植瓜類、菜蔬的良田。儘管這些田裡的作物，有可能被暴漲的溪水沖毀流失，再度成爲荒地，但是勤奮的鄉民依然不放棄與自然爭地使用。

我們踩過鬆軟的溪埔地，跌跌撞撞闖入一片被蘆葦佔據的野地，看見一把老式的牛犁，躺在空曠的沙土上。再沒有拖犁的牛了，再沒有握犁把的農夫了，就像農村的凋零，這把長年在大地上書寫的牛犁，被丟棄在流轉的時光裡，寂寞的鏽蝕……；人爲與自然正在這裡進行消與長的角力。

終於有少許莿殼仔的蹤影被陳嫂發現了，夾雜在各類野草之間，鼠麴草露出它不醒目的嫩黃花頭；陳嫂彎身摘下，拿到我眼前教我辨識。在外行人眼中，滿野的植物形象如此相近，要在同樣一片綠當中，辨識出莿殼仔的特異處，還眞不容易。但是等到你在叢草中發現目標，一旦自己的知覺掌握了它獨特的形象之後，視力頓時靈敏起來。這時所有其他草類，在視覺中成爲一種模糊的陪襯，只有那葉片裹著粉白細毛，枝頂聚狀黃花的莿殼，緊抓住你的視線，眼尖起來，這裡一株、那裡一叢，開始忙碌的採摘……。

畢竟正牌莿殼仔的量太少，陳嫂把在旁邊的「莿殼舅」也一併採起來。我也摘了一株莿殼舅聞聞味道，感覺的確沒有正牌莿殼那麼清香。陳嫂說：「沒魚，蝦也好。」將就的把莿殼舅也摘回來充數了。

整整一個下午，我們就像傻瓜一樣，在濁水溪河床走來走去，專注於搜尋莿殼。單純的動機、單一的注視、單調的動作，居然趣味盎然，以致忘了彎腰走步的勞累。

自然公園57

行走林道

著　者　莊芳華
文字編輯　林美蘭
美術編輯　徐世昇

發行人　陳銘民
發行所　晨星出版有限公司
台中市407工業區30路1號
TEL:(04)23595820　FAX:(04)23597123
E-mail service@morning-star.com.tw
Http://www.morning-star.com.tw
郵政劃撥：22326758
行政院新聞局局版台業字第2500號
法律顧問　甘龍強律師
製作　知文企業（股）公司 (04)23581803
初版　西元2002年5月30日

總經銷　知己實業股份有限公司
〈台北公司〉台北市羅斯福路二段79號4F之9
TEL:(02)23672044　FAX:(02)23635741
〈台中公司〉台中市工業區30路1號
TEL:(04)23595819　FAX:(04)23597123

定價 180 **元**
（缺頁或破損的書，請寄回更換）
ISBN 957-455-162-8
Published by Morning Star Publishing Inc.
Printed in Taiwan

國家圖書館出版品預行編目資料

行走林道／莊芳華著.－－初版.－－臺中市
：晨星，2002(民91)
面；　　公分. －－（自然公園；57）

ISBN 957-455-162-8（平裝）

885　　　　　　　　　　　91002027

◆讀者回函卡◆

讀者資料：

姓名：＿＿＿＿＿＿＿＿＿　性別：□男　□女

生日：　／　／　　身分證字號：＿＿＿＿＿＿＿＿＿＿

地址：□□□＿＿＿＿＿＿＿＿＿＿＿＿＿＿＿＿＿＿＿＿

聯絡電話：　　　　（公司）　　　　　　（家中）

E-mail＿＿＿＿＿＿＿＿＿＿＿＿＿＿＿＿＿＿＿＿＿＿

職業：□學生　□教師　□內勤職員　□家庭主婦
□SOHO族　□企業主管　□服務業　□製造業
□醫藥護理　□軍警　□資訊業　□銷售業務
□其他＿＿＿＿＿＿＿＿

購買書名：＿＿＿＿＿＿＿＿＿＿＿＿＿＿＿＿＿＿＿＿＿

您從哪裡得知本書： □書店　□報紙廣告　□雜誌廣告　□親友介紹
□海報　□廣播　□其他：＿＿＿＿＿＿＿＿＿＿＿＿＿＿

您對本書評價：（請填代號 1. 非常滿意 2. 滿意 3. 尚可 4. 再改進）

封面設計＿＿＿＿版面編排＿＿＿＿內容＿＿＿＿文／譯筆＿＿＿＿

您的閱讀嗜好：

□哲學　□心理學　□宗教　□自然生態　□流行趨勢　□醫療保健
□財經企管　□史地　□傳記　□文學　□散文　□原住民
□小說　□親子叢書　□休閒旅遊　□其他＿＿＿＿＿＿＿＿＿＿

信用卡訂購單（要購書的讀者請填以下資料）

書　名	數　量	金　額	書　名	數　量	金　額

□VISA　□JCB　□萬事達卡　□運通卡　□聯合信用卡

- 卡號：＿＿＿＿＿＿＿＿＿＿　•信用卡有效期限：＿＿＿年＿＿＿月
- 訂購總金額：＿＿＿＿＿＿元　•身分證字號：＿＿＿＿＿＿＿＿＿
- 持卡人簽名：＿＿＿＿＿＿＿＿＿＿（與信用卡簽名同）
- 訂購日期：＿＿＿年＿＿＿月＿＿＿日

填妥本單請直接郵寄回本社或傳眞 (04) 23597123

請填妥後對折裝訂，直接投郵即可，免貼郵票。

廣告回函
台灣中區郵政管理局
登記證第267號
免貼郵票

407
台中市工業區30路1號
晨星出版有限公司

請沿虛線摺下裝訂，謝謝！

更方便的購書方式：

(1) **信用卡訂購** 填妥「信用卡訂購單」，傳眞或郵寄至本公司。
(2) **郵 政 劃 撥** 帳戶：晨星出版有限公司　帳號：22326758
在通信欄中塡明叢書編號、書名及數量即可。
(3) **通 信 訂 購** 填妥訂購人姓名、地址及購買明細資料，連同支票或匯票寄至本社。

◉購買單本9折，5本以上85折，10本以上8折優待。
◉訂購3本以下如需掛號請另付掛號費30元。
◉服務專線：(04)23595819-231　FAX：(04)23597123
◉網　址：http://www.morning-star.com.tw
◉E-mail:itmt@ms55.hinet.net

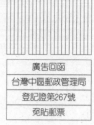